AF416841

Título original: *Gas Fish*
© Mary Rosenblum

Tradução: Antagonista, Sociedade Editora, Lda.

Grafismo e paginação: http://hekiw.pt.vu

ISBN: 978-989-8336-04-0
Depósito legal:

Colecção Мир
http://mirfantastico.blogspot.com

© Antagonista, Sociedade Editora Lda., 2010
http://antagonistaeditora.blogspot.com
antagonistaeditora@gmail.com
Impresso na União Europeia por Publidisa

Golfinho de Júpiter

Mary Rosenblum

ANTAGONISTA

- Na realidade, estou contente que tenha decidido investigar-nos. - Sandra Li, a directora da Jovan, esforçava-se por ser educada.

- Tendo em conta a sua reputação, Sr. Kraj, um aval positivo vindo de si deverá valer bastante.

- Faz-me parecer um caçador de bruxas. - Anton sorriu. - Limito-me a relatar os factos.

- Os factos podem ser distorcidos de modo a sugerir uma fraude.

- É verdade. - Anton não se deixou irritar. - Pode dizer que relato a verdade em vez dos factos. A verdade nem sempre é factual. - Virou-se para descansar os cotovelos no corrimão, varrendo o agregado de casas de praia e a doca abaixo com um longo e demorado olhar. As microcâmeras, montadas no dispositivo assente sobre a sua cabeça, estavam sincronizadas com um pequeno implante numa das suas pálpebras. Os participantes *online* veriam o mesmo que ele: chalés impecáveis, areia imaculada salpicada por algumas toalhas de praia e banhistas.

Tinha levado Elliot a uma estância de mergulho todos os Verões: um pequeno local selecto numa enseada como esta. Durante esse último horrível ano, pagara para que o hospital providenciasse sessões de mergulho virtual concebidas para paralisados. De modo a que Elliot pudesse mergulhar o quanto quisesse. Anton cerrou os dentes.

- As suas instalações de pesquisa têm todo o aspecto de uma estância de luxo - afirmou suavemente.

- Isto *era* uma instância. - Corou Li. - Está demasiado bem informado para não saber que a propriedade foi doada à companhia Jovan. Ou já nos condenou, Sr. Kraj?

- Porque os condenaria? Chame-me Anton - disse enquanto ela se afastava emudecida. Finalmente ela tinha baixado a guarda. Satisfeito, Anton seguiu-a através do alpendre e pelas desgastadas escadas de madeira abaixo. A realidade nua e crua não vendia bem. Os participantes queriam drama, cenas carregadas de emoção, planos visuais atraentes. - Se as vossas instalações são tudo o que afirma serem, então não têm com que se preocupar. - Sorriu-lhe. Tinha-lhe sido dada uma dica de que a Jovan não estava na mó de cima. Tinha o seu informador principal a trabalhar nessa pista. A charlatanice científica era um grande negócio - e o custo era, por vezes… humano. - Os meus participantes estão curiosos acerca de si, - disse.

- Participantes. - Li parou abruptamente e olhou para ele. - O seu público não participa. Só querem entretenimento. É tudo o que importa. - O seu olhar focou-se no dispositivo assente na sua cabeça. - Usará isto tudo, suponho? - Perguntou amargamente.

- Se fôr de interesse. - Sorriu gentilmente Anton. - Acredite no que quiser, Srta. Li, nunca deturpei as minhas histórias para prejudicar alguém inocente.

- Quem *o* nomeou juiz? - Retorquiu veementemente.

- O meu filho. - As palavras apanharam-no de surpresa, e apressadamente olhou para o horizonte azul, como que a recolher um plano de fundo para arquivo. Talvez fosse o mar o que trouxera tão vividamente

Elliot de volta: estavam a mergulhar quando se manifestaram os sintomas. Anton abanou a cabeça, zangado consigo mesmo. Os semicerrados olhos de Li sugeriam que tinha notado a sua reacção. - Limito-me a relatar os factos, - disse bruscamente. - Porquê Júpiter? Porque haveríamos de dispender tempo e muito dinheiro para enviar uma sonda para a sua atmosfera? Não podemos viver lá. Extrair seja o que for daquele buraco infernal seria proibitivamente dispendioso. Porque não investir os nossos recursos no projecto de terraformação de Marte?

- Acho que estamos perante uma crise, - disse suavemente. - Temos que optar entre gastar os nossos preciosos recursos para expandir o nosso actual meio ambiente ou lançarmo-nos no desconhecido e lidar com o que aí encontrarmos. Talvez este seja um teste da evolução. Se não conseguirmos evoluir, ficaremos presos aqui para sempre: na Terra, ou em quaisquer réplicas da Terra que possamos criar em Marte ou nas plataformas orbitais. Para evoluir, precisamos de olhar para além de nós próprios.

- Para Júpiter?

- É um primeiro passo. - Os seus olhos reluziam na luz nebulosa do entardecer. - Podemos não encontrar nada, mas temos que *procurar*. Se perdermos a faculdade de nos maravilharmos, essa necessidade ardente de partir e descobrir que nos trouxe até aqui, estamos acabados, num beco sem saída, num... - recobrou o fôlego e corou - bem, os seus *participantes* deverão gostar deste toque melodramático. Encostou a sua face a um leitor de retina que se encontrava na parede ao lado da porta. - Temos que prosseguir. Tenho uma reunião às quatro. A sonda jupiteriana, propriamente dita, está a ser construída noutro edifício. É a nossa próxima paragem. Este é o nosso laboratório de simulação.

Anton seguiu-a para o interior de uma pequena antecâmara, pensando que tinha acabado de captar um vislumbre da verdadeira Sandra Li. Idealista, pensou. E ingénua. Fatos de trabalho de um verde pálido estavam dependurados das paredes por cima de pares de botas de plástico. Uma segunda porta levou-os a um edifício cavernoso.

- O que simulam exactamente aqui? - perguntou. Chão, paredes e tecto estavam pintados de um suave pastel amarelo. A parte traseira do edifício não era mais do que uma grande piscina de mergulho com escadas em cada ponta e uma grua eléctrica cujo braço pairava sobre a água. O ar era fresco e húmido, carregado de um cheiro marítimo.

Um modelo com cerca de três metros, vagamente em forma de cetáceo, encontrava-se no meio do chão entre a piscina e a entrada. Tinha uma pele plástica azul, uma espessa e atarracada cauda e dois pares de barbatanas desproporcionais nos lados. Elliot teria ficado fascinado, pensou Anton, afastando de seguida o pensamento da sua mente. - É *esta* a vossa sonda? - Anton focou-a, pensando *que feia*. - Um golfinho grande?

- É um modelo à escala da sonda. - Acenou afirmativamente Li. - É aqui que o nosso protótipo treina tendo em vista as condições que provavelmente irá encontrar quando estiver no terreno. Irá nadar num mar gasoso de vapor de água amoniacada, com tremenda turbulência. Os golfinhos são excelentes modelos, logo usamos uma combinação de simulação virtual e treino submarino real.

- Ele? - Anton arqueou as sobrancelhas.

- Um pouco de antropomorfismo. - Sorriu Li afectadamente. - Recuperámos o núcleo do nosso sistema de IA[1] da primeira sonda, mas desta vez revestimo-lo com uma personalidade humana simulada.

- A vossa última sonda avariou-se quase de imediato, não foi?

- Subestimámos a quantidade de turbulência que encontrou. - Respondeu Li, com um esgar, num tom inocente. - Temos um conhecimento muito melhor das condições, graças à informação que nos mandou. Este sistema é experimental, mas até agora os nossos testes indicam que a combinação é muito mais eficiente do que uma IA não aperfeiçoada na tomada de decisões rápidas e eficazes em situações de crise inesperadas.

- É um sistema muito caro, - murmurou Anton.

- Jonah é muito criativo.

- Jonah! - Anton perscrutou a figura em forma de cetáceo para os seus participantes. - Um trocadilho intencional, certo? É este?

- *Sou* eu. - Uma voz de tenor, arrapazada, veio da direcção da piscina vazia. - Mas sim, acho que pode dizer que fui engolido por uma baleia. Ou por um atum robótico, conforme queira. - Tinha um tom irónico na voz.

Aquela voz fez eriçar os cabelos do pescoço de Anton. Voltou-se, levado pelos seus reflexos automá-

---

1 Inteligência Artificial.

ticos a efectuar um lento plano panorâmico para não confundir os seus participantes. Aquela *voz...* um grande objecto prateado em forma de golfinho flutuava na piscina. Parecia-se com o protótipo, mas mais pequeno e um pouco mais esguio.

- Jonah, este é o Sr. Kraj. - Li sorriu para o golfinho. - Como correram os testes?

- Bem, é claro. O Sr. é Kraj, o documentarista dramaturgo? - A voz alegrou-se. - Porreiro! Sempre quis ser famoso. Querias publicidade, não é verdade Sandy? Conseguiste o maior.

- Publicidade, - resmungou Li entre dentes. - Não um julgamento.

Coincidência, disse Anton, toldado, para si mesmo. Estava a ouvir algo que não estava lá. - Estão... estão a usar a personalidade de uma criança para operar uma sonda de um milhão de dólares?

- Não sou nenhuma criança. Qual é que é o seu problema? - O golfinho prateado ergueu-se na água, apontando um cego focinho curvilíneo a Anton. - Acha que não sou capaz? Devia ver como lido com uma tempestade de correntes ascendentes!

- Calma, Jonah. - A Li soava ironicamente divertida. - Ele não sabe quão bom tu és.

A voz de *Elliot.* O golfinho estava a falar com a voz de Elliot. Anton agarrou-se à mascara de um sorriso profissional. Tom, sintaxe, escolha de palavras - tudo à *Elliot. Achas que não sou capaz?* Elliot dissera-o uma vez, essas exactas palavras. No seu primeiro mergulho juntos.

Coincidência, disse Anton a si mesmo. Elliot estava

morto. Elliot estava morto há quase uma década, há tempo suficiente para Anton se esquecer, para se recordar equivocadamente.

Tudo tretas. Excepto a amarga verdade da morte do seu filho.

- Sr. Kraj? - Li tocou no seu cotovelo. - Passa-se alguma coisa?

- Não. - Pestanejou Anton. - Nada. - Tinha estado a olhar para uma nesga de parede vazia, como um principiante, lá se foi este segmento de imagem. - Eu... eu peço desculpa. - *Parar*, subvocalizou, dando instruções ao seu biointerface para desligar o modo de gravação. Só depois se forçou a si próprio a olhar para o golfinho mecânico. - Tenho a certeza que és muito bom, - disse - talvez possas falar um pouco mais comigo. - Embora não quisesse ouvir a voz do seu filho provindo deste... artefacto. Mas, decerto, não programariam a sua IA para responder evasivamente, pois não? Esta... coisa talvez revelasse factos que Li e o seu círculo não revelariam.

- Não sei se quero falar consigo, - respondeu rabugentamente o golfinho. Submergiu, espalhando uma espumosa onda de água do mar pelo chão. Anton olhou para baixo, para os seus sapatos encharcados.

- Você ofendeu-o. - Li levantou-lhe uma sobrancelha. - Deixámos o revestimento da personalidade razoavelmente intacto, como tal o Jonah pode ser tão melindroso quanto qualquer miúdo de treze anos. Mesmo que não tenha comportamentos ditados pelas hormonas. O seu corpo actual é similar à sua forma jupiteriana. - Inclinou a cabeça para o cetáceo obeso. -

Ele treina na água, e na sua forma jupiteriana, ligado a simulacros virtuais por via de um biointerface directo.

- Porquê treze anos? - Perguntou impulsivamente. - E onde é que arranjaram esta personalidade?

- Os humanos não se preocupam tanto com a sua mortalidade nessa idade, - respondeu Li. - Estão no auge da sua criatividade e da sua curiosidade. - Olhou cautelosamente para ele. - Jonah é, de longe, o componente mais caro do nosso golfinho jupiteriano. Mas Júpiter é imprevisível. Esperamos evitar o acidente que vitimou a nossa primeira sonda.

- Quem foi o dador para o construto da personalidade? - Perguntou novamente Anton. Tinha dito *foi*, como se o dador estivesse morto.

- É confidencial. Duvido mesmo que esteja registado. - A preocupação no rosto de Li intensificou-se e esta olhou ostensivamente para o seu relógio. - Estou atrasada para uma reunião. Dei instruções à nossa equipa médica para lhe implantar um chip de identidade. - Não parecia contente. - Permitir-lhe-á andar pela instalações à sua vontade. O nosso pessoal responderá a todas as suas perguntas. O nosso único pedido, é claro, é que não grave nenhuma das nossas especifidades técnicas.

- Gostaria de falar com Jonah, - disse Anton - mas ela já se encontrava a andar apressadamente pelo caminho de regresso ao edifício principal. Devia ter insistido no assunto do financiamento da Jovan. Anton franziu as sobrancelhas, aborrecido consigo mesmo. Tinha-se deixado distrair.

O golfinho tinha falado com a voz de Elliot.

- Desculpe-me, senhor. - Um jovem envergando um fato de trabalho tocou Anton no ombro, despertando-o bruscamente do seu devaneio. - Se vier comigo acompanhá-lo-ei à clínica. Dar-lhe-ão aí o seu chip de identificação.

O sentido de oportunidade do técnico dava a entender que tinham muito boa segurança. As objectivas das câmaras de vídeo estavam bem escondidas. - Está bem. - Sorriu agradavelmente para o seu acompanhante. Cooperar não vos servirá de nada, pensou silenciosamente. Se forem uma vigarice, denunciá-los-ei a toda a gente.

- Isto não vai doer nada, - disse o médico a Anton. Era a mentira do costume, mas a implantação não doeu muito. Depois desta, o doutor borrifou uma compressa líquida por cima do local do implante e deixou Anton ir. Não parecia particularmente feliz por fazer o implante.

Uma pequena companhia muita unida esta, concluiu Anton. Ninguém realmente o queria a meter o nariz por ali. O que era típico, mas este grupo estava a ser demasiado cooperante. Ao deixar a clínica, perguntou-se o que poderiam estar a esconder por detrás daquela pretensa boa vontade.

Acções tecnológicas eram investimentos muito em voga no mercado mundial de acções, voláteis e potencialmente realizadoras de grandes lucros. Eram quase tão voláteis como as acções da indústria do entretenimento. O que desencadeava muita pesquisa especulativa e dava azo a que algumas companhias sem escrúpulos suprimissem informação que pudesse vir a pôr em causa um novo produto promissor. As multas eram altas para este tipo de fraude, mas também os potenciais lucros se tudo corresse bem. Anton esfregou o local do implante, no seu ombro, enquanto subia para o táxi que o aguardava no portão principal da Jovan. Para sua surpresa o táxi era conduzido por uma pessoa real.

- Para onde? - Perguntou a rapariga sardenta atrás do volante.

Anton deu-lhe o endereço e recostou-se enquanto o táxi abandonava o portão. Seria Li observando-o à sombra da guarita do portão? Espreitou pela janela traseira, mas quem quer que fosse tinha desaparecido. Arqueando as sobrancelhas, coçou novamente o local do implante.

- Acabou de levar uma injecção? - Perguntou a taxista.

- Não.

- Detesto injecções. Essas vacinas todas. Acho que são apenas um logro, está a ver? - Conseguiu fazer uma curva apertada a uma velocidade assustadora. - Apenas mais um engodo para nos sacar o dinheiro. Tácticas de terror. Eu cá não tomo nenhuma desde que era criança, e sou saudável.

- Ainda bem para si. - Suspirou Anton.

- Está a ver aquela praga que veio da América do Sul: aquela que ia matar o mundo. Fizeram uma vacina para isso, e as pessoas adoeceram na mesma.

- Isso é porque a vacina não prestava. - Anton endireitou-se no assento de plástico barato. - As pessoas que a fizeram *sabiam* que não prestava quando a puseram no mercado. Fizeram uma data de dinheiro sabendo-o.

- Chiça, não me diga? - A mulher olhou por cima do

ombro, com as pálidas sobrancelhas arqueando-se cepticamente. - Isso é mau.

Ela não sabia? Como é que ela poderia não saber? - Que idade tinha há onze anos atrás?

- Eu? - A taxista encolheu os ombros. - Oito. Quase nove.

Como nos esquecemos depressa, pensou amargamente Anton. - Sabe como é que o Santorres mata? - Fitou a paisagem que se desenrolava, observando a zona costeira protegida transformar-se, lentamente, numa malha urbana. - Não o faz. Paralisa temporariamente os músculos que lhe permitem respirar e fazem o seu coração bater. Se a sua família puder pagar para o manter em suporte de vida total por cerca de um ano, e se não morrer de uma qualquer infecção secundária, ficará bem. O Sistema Nacional de Saúde não cobre esse tipo de tratamento.

- Então tem que se ir para um hospital privado? Teria que ser-se rico. - A taxista abanou a cabeça. - Epá, essa seria uma escolha difícil. Ir à falência ou salvar o seu irmão, o seu filho, ou quem quer que fosse. O que é que aconteceu aos pulhas que criaram a vacina à mesma? Aposto que viveram felizes para sempre.

- *Foi* uma escolha difícil, - disse muito suavemente Anton. - E as pessoas responsáveis apanharam a pena de morte. Todos eles.

A taxista olhou para ele, depois virou-se rapidamente para a estrada. Suspirou. Não disse mais nada. Silenciosamente parou para o deixar sair na esquina da praça onde se situava o edifício onde morava.

- Fui para o Belize no início da pandemia. Para fazer

um docudrama acerca desta. Na altura fazia reportagens como deve ser. - Anton debruçou-se para passar o cartão pelo leitor da taxista. - O meu filho de treze anos foi comigo. Fomos os dois vacinados. - Juntou uma gorjeta generosa e enfiou o seu cartão no bolso. - Assisti à execução do administrador sénior da empresa. - Fez uma longa pausa, e então disse, - Tenha um bom dia.

O táxi desapareceu rapidamente à medida que caminhava lentamente pela praça. Estava Sol, mas ele tremia, como se nuvens invisíveis tivessem bloqueado o Sol. É passado, pensou enquanto massajava novamente o local da inserção. Coisas ruins. Não penses nisso. Pensa antes na Li. Pensa porque razão te teria dado o chip quando obviamente não o queria fazer. E pensa em quem lhe teria ordenado para o fazer. Esse *quem* era importante.

O Sol tinha-se posto atrás da linha do horizonte citadino, mas uma luz dourada filtrava-se ainda por entre as torres, transformando o conjunto das flores no carrinho de uma florista numa orgia de cores brilhantes. Anton parou para comprar um punhado de lírios a caminho da torre, onde tinha arrendado um apartamento por um curto período.

Cerca de uma dúzia de ecrãs públicos montados nas paredes em volta das esquinas da praça mostravam um caleidoscópio de bits de imagens à medida que uma dúzia de diferentes canais *online* ofereciam entretenimento, ou notícias - o que era ainda mais recreativo, porque real. Mais ou menos, pensou corrosivamente Anton. Na realidade era uma questão de interpretação, Li estava certa. Cameras escondidas por detrás dos ecrãs monitorizavam os focos de atenção dos olhares, quanto mais as pessoas olhassem para um dos ecrãs, mais horas de atenção dos telespectadores uma das empresas obtinha, aumentando as suas audiências. Audiências altas aumentavam o valor das suas acções no mercado internacional. A cotação de uma empresa televisiva podia variar dramaticamente no decorrer de apenas uma programação diária. Um bom artista televisivo podia aumentar enormemente o valor de uma empresa.

Razão pela qual toda a gente o queria *a ele*, Anton Kraj, por si só potenciador de audiências. O que só seria verdadeiro até ao dia em que entediasse os seus participantes, pensou amargamente Anton. Ó, bem podia dizer a si próprio que apresentava a verdade e só a verdade, mas apresentava-a ao gosto dos seus participantes.

Se a Jovan fosse uma inocente empresa de investigação, não perderia sequer um minuto a conceber um programa especial acerca desta. Não era isso que os seus participantes queriam. Queriam culpa, conluio. Talvez o odor a corpos em decomposição, enterrados num qualquer aterro. *Entretenimento*, a voz de Li ecoou na sua cabeça. Verdade, contrapôs. Verdade recreativa, sim, mas, não obstante, verdade. Sorriu mordazmente enquanto entrava na recepção da torre. Precisava de rever os planos do dia das instalações da Jovan, editá-las um pouco e arquivá-las. Na sua maioria forneceriam arquivo que poderia ser utilizado em emissões posteriores, quando viesse a precisar de fazer a transposição de uma cena para outra. O elevador deixou-o no seu andar. Uma parede do corredor era transparente, para que se pudesse olhar para baixo, para o centro do jardim da torre. Tinha sido desenhado como uma floresta tropical. Parou por um momento, relembrando a reserva florestal tropical que tinha visitado com Elliot, na sua viagem ao Belize. Uma criança desceu a correr pelo atalho lá em baixo, e por um instante de parar o coração, viu Elliot naquela figura delgada de cabelo escuro. Por um instante desejou ter feito o arrendamento numa torre com um tema paisagístico diferente.

- Olá vizinho.

Anton virou-se, sobressaltado. O homem, delgado e sorridente, de cabelo dourado, que lhe estendia a mão, parecia-lhe vagamente familiar. - Olá, - respondeu cautelosamente Anton.

- Vi-o mudar-se. - Cabeceou o pequeno homem. - Vivo ao lado, só queria dizer olá. Sou o Cam.

- Anton. Entre, - disse Anton, subitamente grato por companhia. Qualquer companhia. - Posso oferecer-lhe uma bebida? Tenho cerveja. Nada de mais sofisticado, lamento.

- Obrigado. - Cam seguiu-o para a sala, olhando curiosamente em redor. Não havia muito para ver. Mobília típica de arrendamento, o seu material de estúdio num canto. Anton deitou cerveja em dois copos e pôs os lírios num terceiro, porque a louça alugada não incluía uma jarra. Quando se voltou com as cervejas, encontrou Cam perante a sua estação de trabalho, olhando para o único holograma de Elliot que Anton tinha guardado.

- Seu filho? - Perguntou enquanto Anton lhe dava a cerveja. - Parece-se consigo.

- Pois, acho que sim. - Elliot não tinha saido muito à sua mãe, como se o seu acordo de custódia pré-materno tivesse um qualquer preconceito contra as gâmetas dela. Lamentando o seu convite, Anton retirou o seu equipamento da cabeça, desconectou os dermo-implantes virtuais que utilizava sob a roupa, e atirou-o para a estação de trabalho.

- É da televisão? - Os olhos de Cam iluminaram-se. - Publicidade?

- Notícias. - Anton enfiou novamente o holograma atrás do sólido cubo do seu cofre de armazenamento de dados, extraiu a esfera com os dados do dia dos seus dermo-implantes e ligou-a à unidade. Arquivá-la-ia no seu estúdio virtual mais tarde. - Docudrama.

- Notícias, está a falar a sério? - Cam inclinou-se avidamente para a frente. - Espere um minuto... não é o Anton Kraj? Kraj, o Tubarão? Sim, claro que é. Uma vez vi uma entrevista consigo. - Deu uma palmada no joelho e riu deliciado. - Você é o melhor. Atira-se mesmo à jugular. Sangue por todo o lado.

- Obrigado. - O elogio soube a amargo, e Anton teve um vislumbre da luminosa cara de Sandra Li enquanto esta falava acerca da evolução e de Júpiter. Tens de estar ao corrente, disse-lhe silenciosamente. Não podes ser inocente.

- Então, quem é que está a investigar agora?

- A Companhia Jovan. - Nunca subestimes o valor do mexerico.

- Estão a lançar outra sonda para Júpiter.

- Exploração espacial! - Franziu a sobrancelha em desaprovação e engoliu a cerveja. - No estado em que estamos já mal nos conseguimos alimentar. Precisamos de nos concentrar na terraformação de Marte e não desperdiçar preciosos recursos numa exploração que não nos traz nada de útil.

- Talvez tenha razão. - Anton encolheu os ombros, e sorveu a sua cerveja. A tirada de Cam soava a artificial, como se estivesse a tentar obter uma reacção de Anton em vez de expor os seus próprios sentimentos. Utilizava frequentemente a mesma artimanha nas suas entrevistas. - Então, qual é a sua ocupação? - Perguntou, para mudar de assunto.

- Estou na InfoSearch, se estiver na rede, conseguimos encontrá-la, - citou Cam teatralmente. - E *conseguimos*, legalmente ou não. Mas eu não o disse. - Acabou a sua cerveja. - Diga-me se alguma vez precisar de alguma pesquisa. Faço-lhe um desconto para profissionais. - Sorriu maliciosamente para Anton. - Apareça quando quiser, - disse. - Fico-lhe a dever uma cerveja.

- Talvez o faça. - Anton seguiu Cam até à porta, contente por este se ir embora. Sim, sentia-se só, disse para si próprio enquanto a porta se fechava nas costas de Cam. Mas todo o episódio soava tão falso quanto a tirada de Cam. Como se o seu vizinho tivesse *querido* entrar em contacto com ele. E de certeza que já tinha visto Cam antes em algum lado.

Anton encolheu os ombros e sentou-se na sua estação de trabalho. Estava na altura de examinar os dados do dia e separar o material visual para arquivo das partes melhores. Transferiu a esfera de dados do cofre de memória para o seu terminal de Internet. Talvez valesse a pena editar um pouco alguns bocados da sua conversa com Li. Durante as duas horas seguintes, cortou palavras e imagens dela em bocados e de seguida reuniu-as num monólogo consistente e apaixonado acerca da evolução da humanidade e de Júpiter. Depois envolveu o conjunto numa pista musical sintetizada com um subtil rebentamento de ondas como pano de fundo. Era o que ela tinha dito, só mais apurado. Anton reviu a montagem, franzindo as sobrancelhas. Enquadradas na denúncia de um escândalo, as suas palavras soariam extremamente hipócritas. Seria um potente segmento condenatório.

Alguma vez mais ela se atreveria a acreditar tão fortemente em algo? Anton abanou a cabeça, zangado. O problema não era seu, e este tipo de especulação nunca o tinha incomodado antes. As suas articulações estalaram enquanto se esticava, e o seu estômago lembrou-lhe violentamente que já passava da hora do jantar. Sandra Li tinha feito as suas escolhas e os seus compromissos, quer acreditasse no que dizia, ou não. Teria que pagar o preço.

Vai comer, disse a si mesmo. Ou acaba a tua cerveja, toma outra e vai para a cama. Em vez disso, deu por si a abrir o segmento dos planos do dia onde o golfinho mecânico meteu o focinho de fora da piscina.

Havia uma clínica do Sistema Nacional de Saúde praticamente em todas as esquinas. O governo garantia cuidados básicos de saúde a toda a gente. Quem necessitasse de um tratamento para além dos cuidados básicos, ia para um hospital privado. A cobertura básica não incluía a manutenção da vida de uma vítima do vírus Santorres pelo período necessário de mais ou menos um ano. A única maneira de pagar a conta do suporte de vida depois da morte de Elliot tinha sido vender todos os tecidos deste, órgãos ou resultados de testes que fossem comercializáveis. O hospital tinha fornecido a assistência jurídica e o contrato. Órgãos. Testes. Nada mais.

Anton permaneceu sentado na sua estação de trabalho até de madrugada, ouvindo um golfinho mecânico falar com a voz do seu filho.

- Está toda a gente na reunião. - A voz de Jonah assustou Anton enquanto este se esgueirava pela misteriosa e vazia casa dos barcos. - Isto está deserto.

- Eu não diria isso. - Anton ergueu a cabeça para olhar para a objectiva de vídeo que tinha localizado num dos barrotes. - Aposto que a segurança não foi à reunião.

- Ora, pois. - O tom de Jonah sugeria um encolher de ombros. - Ela tem medo de si. A Sandy. - Num tom pensativo agora.

- Como assim? O que te leva a pensar que ela tem medo de mim? - Anton finalmente olhou para ele, sentindo-se enervado por aquele focinho sem olhos. Não queria estar a falar com esta… coisa. - Como consegues ver sem olhos?

- Fez com que lhe implantassem um chip, contra a vontade dela. - Quieto dentro de água, Jonah elevou lentamente a sua cauda, para que a água se espalhasse pelas suas grandes barbatanas caudais abaixo e escorresse com o som de chuva a cair. - No que diz respeito aos olhos, consigo ver em espectros que nem sabe que existem. Quem é que precisa de olhos?

- Tens razão acerca dela estar assustada, - disse Anton. - IA, pensou. Teria Elliot feito a mesma dedução? Sim, decidiu. Elliot era tão esperto. A velha dor agarrou-o nas suas garras. - Então, quem é que lhe disse para me abrir todas as portas? - Perguntou de modo brusco.

- Adivinhe.

- As companhias de teledifusão que estão a entrar com o dinheiro. - Anton forçou um sorriso. - É uma óptima ideia serem simpáticos para comigo.

- Porquê? - Jonah parecia curioso. - Vi todos os seus programas, sabe. É diferente da maior parte das pessoas que fazem notícias. Não inventa. Pega em coisas entediantes acerca de pessoas gananciosas e estúpidas e fá-lo parecer muito mais interessante do que realmente é.

- Epá, obrigado. - Murmurou Anton.

- Nós não estamos a ocultar nada.

- *Vi*, tinha ele dito, em vez de *participei*. A segunda opção era a expressão corrente. Interessante. - Se não estão a ocultar nada, então a Srta. Li não tem nada a temer. - Caminhou até à borda da piscina e sentou-se. - Então, fala-me lá sobre ti.

- Sobre mim? - Jonah tinha submergido, até à sua barbatana dorsal, na água. Agora balançava-se lentamente, para cima e para baixo, fazendo com que ondas vagarosas e espessas fossem de encontro à borda da piscina. - Porquê eu?

- Porque és a pessoa mais interessante cá do sítio. -

Anton descalçou as botas, arregaçou as calças, e meteu os pés dentro da água fria. - Júpiter será muito frio?

- Quer dizer, onde vou nadar? - A voz de Jonah alegrou-se. - É bastante quente, cerca de dez graus centígrados. Há água, embora seja amoniacada. Poderiam viver lá coisas. Bactérias. Talvez coisas mais complexas. - Fez uma pausa, e Anton apercebeu-se da ambiguidade desse silêncio.

- A vossa primeira sonda não encontrou qualquer vestígio de vida, - disse cuidadosamente.

- Fez o seu trabalho de casa, hã? - Outra pausa. - Não… encontrou, mas fizemos algumas extrapolações por computador com base em alguns fragmentos de informação que a sonda emitiu pouco antes de ser… destruída. Podem estar completamente erradas.

Este era o tom que Elliot usava quando não queria mentir, mas também não queria admitir algo. - Que tipo de extrapolações? - Anton inspirou profundamente. - Se me contares, não o porei online.

Jonah manteve-se em silêncio por um momento. - Estamos apenas a extrapolar, - disse por fim.

A sua cautela lembrou Anton o tom de Li no dia anterior. O que é não lhe estavam a contar? Anton inclinou-se para trás, de modo a que o corpo esguio e prateado ficasse por inteiro no seu campo de visão. - O que é que destruiu a primeira sonda?

- Turbulência, - disse calmamente Jonah. - Na realidade não acham que eu vá durar tanto tempo quanto isso mas vou surpreendê-los. - Atirou outra onda para as calças molhadas de Anton. - Sou *bom*. Sou melhor do que eles pensam, mesmo até do que pensa a Sandy.

- O orgulho ressoava nas suas palavras, banindo qualquer sentido de ambiguidade. - Vai ver. Vou-lhes mostrar tudo.

- Aposto que vais, - disse Anton e pensou, não consigo suportar isto. Desligou a opção de gravação. - Em tempos tive um filho. - Olhou para aquela face sem olhos. - Terias gostado dele. - Admite-o, pensou amargamente, aceita o que sentes por este... miúdo. A IA, sonda espacial. Seja lá o que raio for.

- Fala como se ele tivesse morrido. - Jonah permanecia imóvel na água.

- Sim. - Anton exalou, mexendo lentamente os seus pés na água fria. - Apanhou Santorres.

- Lamento. Agora há uma boa vacina para isso.

- Eu sei. - Anton sentiu uma pressão repentina de encontro aos seus pés, que lentamente iam ficando dormentes. Jonah tinha-lhe tocado gentilmente. Anton inclinou-se para a frente e colocou uma mão no seu dorso frio e molhado. Para sua surpresa, o material prateado cedeu ligeiramente sob a sua palma. - Fazes-me lembrar o Elliot, - disse. - Pronto. De viva voz. Aceita-o.

Por instantes, Jonah permaneceu em silêncio, em seguida levantou o seu focinho cego da água. - Talvez te possa mostrar para onde vou, - disse.

- Eu... gostaria disso. - Anton pestanejou à medida que uma estrela vermelha começou a pulsar no canto superior direito do seu campo de visão. Mensagem urgente de uma das suas fontes. - *Atender*, murmurou.

- Estás a dever-me uma. - Um ícone com um Sol negro piscou de encontro à parede do fundo da piscina. Era O Rev, o mais talentoso dos seus hackerinformadores. - Saquei os dados acerca da Jovan para ti, - murmurava a voz d'O Rev no implante de Anton. - O dinheiro deles passa por um conjunto de pequenas companhias intermediárias na rede, mas consegui chegar à fonte. Transferi-o para o teu ficheiro seguro. - Riu disfarçadamente. - *Consegui*, pá.

- Qual é o desfecho? - Murmurou Anton. - De quem é o dinheiro?

- Europa AM. Precisam de ter algum prejuízo este ano. Temporariamente, pelo menos. Hei, trabalhas para a WorldNews. As suas acções estão em baixa na Bolsa. Vais salvá-los com esta coisa da Jovan?

- Como de costume, - disse arrastadamente Anton.

- É lixado para a Jovan, hã?

- São uma fraude, - disse Anton. Mas o ícone d'O Rev já tinha desaparecido. Com que então a Europa AM estava a usar a Jovan para lavar dinheiro. Uma empresa gigantesca com tentáculos espalhados por toda a rede económica, com toda a certeza estavam a recuperar o equivalente a esses fundos por intermédio de outra fonte - já todo limpo e asseado. Tudo o que seria necessário era um mínimo de cooperação da Jovan. E O Rev tinha deixado as provas dessa cooperação no ficheiro seguro de Anton.

- Estás a usar um biointerface, - disse Jonah.

- Hã? - Anton olhou para baixo, com os seus pensamentos dispersos. - Sim, uso, - disse cautelosamente.

- Fixe. - Jonah recuou na água de modo a ficarem nivelados. - Aqui ninguém usa um. É xenofobia. Como se se pudesse transformar alguém numa máquina só por fazer um interface cerebral directo!

Anton sentiu o cheiro a mar e a algo mais. Ozono? Plástico?

- Faz-te mais parecido comigo. - Jonah voltou a submergir lenta e gentilmente na água. - Gosto disso, - disse, com um sorriso na voz. - Mais rápido, tás a ver? O interface da Sandy é *tão* desajeitado. Vem daí, - disse num tom conspiratório. - Vou-te mostrar Júpiter. Posso entrar no teu bioacesso em cerca de dois segundos, mas temos que nos apressar. A reunião vai acabar em breve. Encontro-me contigo no laboratório de simulações, ok?

Anton na realidade não queria fazê-lo. Ouvia Elliot cada vez que Jonah abria a boca, e esse não era um estado mental saudável. Mas aqui passava-se algo de estranho, e pressentia que, o que quer que fosse, estava relacionado com aquelas simulações. Anton aproximou-se do laboratório de simulações, interrogando-se se o seu chip realmente abriria a porta.

À espera que este o salvasse? Expirou apressadamente enquanto a porta deslizava obedientemente para o lado. Lá se ia a salvação. Reprimindo um suspiro, entrou dentro de um cubículo de RV^2 padrão. Tinha paredes brancas despidas, com excepção da piscina aberta no centro da sala. Jonah já estava à sua espera, espalhando pequenas ondinhas impacientes pelo chão artificial, feito de diferentes materiais.

Anton perguntou-se se toda a gente ali utilizaria botas.

- Tens um biointerface, com ligação directa à epiderme, certo? - Jonah parecia preocupado. - Só um

2 Realidade Virtual.

minuto. Devo ser capaz de entrar através do nosso sistema… já está!

A sala tremeluziu e desapareceu. Anton cambaleou à medida que um revestimento de pele pálida surgia a centímetros do seu nariz. Num rompante de reacção claustrofóbica, atirou-se para trás, batendo com força na parede invisível do laboratório. No mundo virtual, encontrava-se deitado num espaço almofadado do tamanho de um caixão. Virtual, lembrou a si próprio, é só virtual, o seu pico de pânico baixou um pouco. - Onde estamos? - Perguntou com os dentes cerrados.

- Na minha cápsula. - A voz de Jonah chegou-lhe através do seu implante de comunicação. - Só sou libertado quando estivermos dentro da atmosfera. Há demasiada radiação acima. Descontrai-te. Estás a mimetizar-me, na realidade estou a pilotar virtualmente. Tu só vieste à boleia. Por isso não podes fazer nada por ti mesmo. Aqui vamos nós! - A sua voz voltou a soar arrapazada e excitada.

O ventre almofadado que continha Anton abriu-se repentinamente, e uma mão invisível propulsionou-o impetuosamente para a luz brilhante. Já não era sem tempo, pensou horrorizado, e tentou olhar para trás. Nada aconteceu. Não aconteceu nada quando sacudiu os braços. Deixou-os cair molemente para os lados, e limitou-se a *olhar*. Farrapos de nuvens brancas riscavam o céu incrivelmente azul e uma réstea de Lua surgia no horizonte. Um céu do Arizona, pensou ele e volveu o seu olhar para baixo.

Não. Não do Arizona. Nuvens cor de salmão, laranja, amarelas e cor-de-rosa formavam uma paisagem retorcida de desfiladeiros e cristas, torcidas em volutas espiralóides, atravessadas por altaneiros montículos de nuvens brancas. A bolbosa forma de cetáceo que ele tinha visto na casa dos barcos deslizava ao seu lado, graciosamente propulsada por barbatanas e cauda. Jonah? Estavam a descer rapidamente para um desfiladeiro sombrio entre duas espirais de nuvens coloridas de rosa e salmão. - De que é que são feitas? - Arquejou Anton. - Meu Deus!

- Sulfito de hidrogénio e cristais de amoníaco. As nuvens brancos são amoníaco puro. - Jonah parecia preocupado. - Tens que ter cuidado com a turbulência. O cetáceo guinou para a esquerda, e Anton deu por si a segui-lo.

Sou um cetáceo, pensou. Não um cetáceo oceânico mas um cetáceo gasoso. Riu-se. - É *lindo*. Olha, aquelas nuvens lembram-me trovoadas. - Anton viu o seu olhar desviar-se e focar-se numa das estruturas altaneiras que cresciam como cogumelos através da camada cor-de-rosa.

- Não o são. São tempestades de correntes emergentes que vêm bem lá de baixo e que podem trazer-te até aqui acima como se fossem um elevador descontrolado. Pode passar-se de dez graus centigrados a menos de duzentos e trinta de um momento para o outro. É provavelmente por isso que as pessoas disseram que a vida não tinha evoluído em Júpiter. - A sua voz baixou conspiratoriamente. - Estavam enganados.

- Não de acordo com a informação que a vossa sonda enviou de volta.

- Sim, bem, mesmo no final eu... *ela*... mandou mais

alguma informação. Os fragmentos de que te falei estavam demasiado distorcidos. O hardware estava a ser destruído e a… sonda, estava a morrer. - Remeteu-se brevemente ao silêncio. - Se nos debruçarmos a fundo sobre isso, podemos preencher as lacunas.

Parecia estar na defensiva, como se estivesse a retomar uma discussão encetada no passado. Vida em Júpiter? - Como se perdeu a primeira sonda? - Perguntou Anton de forma ausente.

- Desintegrou-se numa tempestade de correntes ascendentes. - O tom de Jonah era monocórdico e sem emoção. - É contra isso que temos que nos precaver. Eles não têm a certeza tampouco que este corpo consiga sobreviver a uma grande corrente ascendente.

Ele *estava à espera* de morrer aqui. Anton apercebeu-se súbita e duramente que Elliot tinha tido a mesma expectativa logo desde o princípio. Devia ter escutado conversas murmuradas com o médico. E conhecia o Santorres. Tinha-o ocultado durante muito tempo. Anton engoliu a dor em seco e olhou para baixo, varrendo o pensamento com a incrível beleza de Júpiter. Estavam quase a chegar às nuvens de sulfito de hidrogénio. - É impressão minha, ou está a ficar um pouco mais quente? - Perguntou Anton.

- Está. A simulação fornece dados para que os teus implantes possam interpretar a mudança de temperatura. Se for muito para baixo, cozo mesmo. Para onde estamos a ir, é mais do que gelado. É como este mar, pelo menos comparado com o que existe aqui. Não é realmente líquido, sabes, mas quase. Quero… mostrar-te uma coisa. - Parecia tímido, de súbito. - Só para ver o que é que achas.

Anton ficou tenso à medida que os primeiros punhados de vapor engrossaram em redor deles. Durante algum tempo ficou sem ver, então as nuvens adelgaçaram-se, ficou ofegante. Encontrava-se suspenso num mundo nevoento sob um céu cor-de-rosa arroxeado, que brilhava suavemente acima. Planavam sob o céu de nuvens rosadas, picando e mergulhando como gaivotas num universo de nevoeiro. Sombras formavam-se e dissipavam-se na névoa, Anton questionou-se se as estava mesmo a ver ou se o seu cérebro as teria criado, provindas do nada opalescente. - Olha! - A voz de Jonah vibrava de excitação. - Acolá!

Anton olhou, com a sua visão ligada à de Jonah. E viu... uma forma. Ondulava lenta e majestosamente no vento ciclónico que os transportava, tremeluzindo no campo de visão à medida que virava de bordo. Vermelhos, laranjas e púrpura opalescente brilhavam na sua superfície translúcida. Anton pensou num lençol de cama gigante ondulando ao vento, um lençol de cama efémero entretecido com tremeluzentes fios translúcidos. Jonah estava a utilizar a sua cauda e as suas barbatanas como qualquer golfinho, e aproximavam-se da forma ondulante.

- O que *é* aquilo? - Os olhos de Anton arregalaram-se à medida que se apercebia do quão *grande* aquele lençol era. Parecia uma renda de fios, milhões de fios entretecidos com contas coloridas em quase todas as intersecções. - Isto não estava no relatório da vossa sonda, - gaguejou.

- Chamo-lhe um recife. - Jonah riu, e este era tão

similar ao riso de Elliot que Anton cerrou os punhos. - Vivem outras coisas dentro e sobre ele, tal como peixes num recife. Verás.

O recife estava a desintegrar-se, apercebeu-se Anton, esfiapando-se continuamente ao vento. Um bocado soltou-se completamente de tanto abanar, fragmentando-se em fiapos que ondularam rapidamente para longe no vento. Uma porção rasgou-se por um momento na massa principal. Pareceu colar-se, os fios adjacentes tremeluziram. - Está a regenerar-se, - sussurrou Anton.

- Os pedaços podem aderir a outros recifes, - disse Jonah. - Talvez… seja assim que trocam informação.

- De que é que são feitos?

- Nã'sei. - O tom de Jonah arreganhou-se de novo. - Desta vez vou descobrir. Hu ho - o seu tom de voz mudou. - Vêm aí!

Num instante de arrebatadora desorientação, o mundo nevoento desapareceu. Anton vacilou, recuperou o equilíbrio à medida que as paredes brancas do cubículo de RV reapareceram à sua volta. - Júpiter é… incrível. - Baixou o olhar, para a piscina, mas o vulto em forma de golfinho prateado já tinha submergido e desaparecera. - Obrigado por me levares, - disse suavemente, ainda estupefacto com o que tinha testemunhado.

- Hei, sempre às ordens! - A voz de Jonah soou no seu implante, avivada novamente com aquele toque de conspiração compartilhada. - É melhor dar de frosques. É suposto estar a trabalhar nalguns testes. Tens um belo equipamento. Até ver.

- Até ver, - respondeu Anton e pensou, pobre rapaz

solitário.

Não era um rapaz. Anton voltou-se dando de caras com Sandra Li à medida que esta entrava porta dentro, apressadamente.

- Sr. Kraj. - Sorriu-lhe cautelosamente. - Peço desculpa por não ter estado disponível. Não o esperava ver aqui tão cedo. Espero que não se tenha aborrecido. - Relanceou o olhar para a piscina. - É entediante ver outra pessoa a efectuar simulações. Jonah devia, pelo menos, ter-lhe emprestado uns óculos.

- Não teve necessidade disso. - Estava curioso acerca da sua reacção. - Estou mais bem equipado do que possa pensar.

Lentes? Bio-interface? Uma sombra de repulsa perpassou-lhe pela face. - É mais corajoso do que eu, deixar que alguém remexa no seu cérebro. Suponho que, no seu ramo, valha a pena o risco. Então. - De novo com um sorriso no rosto. - Ele mostrou-lhe o Júpiter *dele*? Ou o *nosso*?

- Ele mostrou-me recifes. - Observou-a atentamente, para ver a sua reacção. - Vocês nunca os mencionaram.

- Não existem. - Apenas um breve apertar de lábios sugeria uma qualquer reacção. - Não se esqueça que está a lidar com um miúdo de treze anos, Sr. Kraj. Com uma necessidade infantil de fantasiar.

- Então não há recifes? - Sorriu. - Posso citá-la?

Ela encolheu os ombros. - A primeira sonda transmitiu todo o conteúdo da sua memória enquanto era destruída. Tratava-se de um protocolo de emergência concebido para nos dar uma cópia de tudo, mas a transmissão estava muito distorcida. - Desviou finalmente o olhar. - Jonah passou muito tempo com esses dados. Se os passar por uns quantos programas de melhoramento [áudio e vídeo], pode extrapolar quase o que quer que seja deles. Não pode deixar os recifes fora da sua… história? - Acima do seu sorriso superficial, os seus olhos estavam ansiosos. - São uma fantasia do Jonah. A sua versão do amigo imaginário. Não passa disso.

- Então não há vida em Júpiter? - Insistiu.

- Nós… não o podemos afirmar ao certo. - Corou. - Onde quer chegar?

- Não sei ao certo, - disse, e sorriram educadamente um para o outro. - Fale-me acerca do vosso financiamento, - disse enquanto o conduzia para fora da casa dos barcos. - Estou curioso.

- As nossas declarações de impostos estão numa base de dados de acesso público. - Ergueu uma sobrancelha. - O que é que realmente me quer perguntar, Sr. Kraj? Podemos deixar-nos de artimanhas, se faz favor?

- Há algumas especulações bolsistas geradoras de liquidez que são… digamos… inescrupulosas. O destino parece sorrir-lhes. Uma guerra fronteiriça beneficia a venda de armas. Um novo vírus que afecte o arroz causa fome num dado lugar elevando o preço das mercadorias num país e os preços da tecnologia agrícola noutro. Fazem dinheiro. São um investimento muito bom, - disse pensativamente. - Se não se importar com o custo em sofrimento humano.

- Gostaria de pôr cobro a isto. - Li parou no meio do caminho e encarou-o. - Está a insinuar que uma firma desse género, *sem ética*, nos financiou. Gostaria que desse um nome a essas acusações vagas, se faz favor.

- Europa AM. - Observou o seu rosto atentamente.

- Pedi-lhe que se deixasse de artimanhas. - Não o olhou propriamente nos olhos. - Você sabe que não somos financiados pela Europa. - Encolheu os ombros e começou a andar vigorosamente pelo caminho principal acima. - Se alguém o disse, então devia encontrar uma fonte de informação mais credível. Pode estragar a reputação que tem de estar sempre certo, Sr. Kraj.

Ela estava a mentir. - Talvez. - Anton não tentou acompanhar o passo zangado e vigoroso dela. Activou a opção de gravação e obteve um bom plano do edifício da velha estância de férias a emergir da vegetação costeira. A piscina tinha sido mantida, e dois funcionários estavam a apanhar banhos de Sol em cima de toalhas. Podia fazer com que este lugar se parecesse como uma enorme vigarice de luxo sem precisar de fazer grandes montagens.

- Peço desculpa por me ter irritado. - Ela estava à sua espera no cimo do caminho. - Posso oferecer-lhe o almoço? O nosso refeitório é muito bom.

- Obrigado, - disse ele. - Na verdade, tenho mais algumas questões a colocar-lhe. - Seguiu-a até ao antigo restaurante da estância, agora o refeitório do pessoal. Era ainda tão cedo que tinham a sala praticamente por sua conta. Um pequeno buffet oferecia ingredientes para saladas e dois tipos de sopa, juntamente com pão que cheirava a fresco.

- Somos um grande incentivo para a economia local. - Sorriu mordazmente enquanto colocava sushi em volta de um montículo de vegetais marinados. - Não sobrou muito desta após o fecho da estância. Vivemos numa sociedade orientada para o entretenimento, Sr. Kraj. A ciência tem que ser sexy, ou não consegue obter dinheiro. A não ser que seja patrocinada por financiamento empresarial, e aí tem que *dar* lucro. - Encarou-o, agarrando o prato como um escudo. - Estamo-nos a esquecer de como olhar para o futuro, de *questionar*. Só nos ocupamos do imediato.

- Esta tirada destina-se a mim, pessoalmente, ou à comunicação social como um todo? - Anton seleccionou uma fatia de tomate, adicionando-a ao seu prato. - Porque haveria alguém de pagar para satisfazer a sua curiosidade acerca de Júpiter?

- A *minha* curiosidade? - Li fechou os olhos por momentos. - Mais *ninguém* quer saber? Tem que gerar lucro ou fazer subir as acções de alguma companhia de teledifusão na Bolsa? Sim, sei que tem. - Dirigiu-se resolutamente para uma mesa vaga. - Talvez esta corrida já tenha chegado a um beco sem saída.

- Duvido. - Anton sentou-se à sua frente. - Onde obtiveram a envolvente humana de Jonah?

- Comprámos as gravações virtuais a um corretor. - Piscou os olhos. - Está à vontade para dar uma vista de olhos à factura, mas o nome do dador não consta desta. - O que é que isto tem a ver com a Europa AM?

- Nada. - Anton retirou o notebook[3] do bolso, pô-lo ao lado da sua salada, intocada, e abriu o seu ambiente de trabalho. - Gostava de ver essa factura, se faz favor.

Por um momento, Li olhou fixamente para ele, com os lábios apertados. - Com licença. - Levantou-se, agarrou o notebook dele, e levou-o até à parede. Ligando-o

---

3 Computador portátil de pequena dimensão.

a um terminal de dados, teclou por alguns momentos, de seguida desligou-o e trouxe-o de volta. - Descarreguei-o para o seu ambiente de trabalho. - Depositou o notebook na mesa, com um pequeno clic, e olhou para o relógio.

- Outra reunião? - Ergueu uma sobrancelha.

- Uma sessão de simulação com Jonah. A *nossa* versão, não a dele. - Agarrou no seu tabuleiro, em seguida ficou imóvel, olhando fixamente para Anton. - Alguma vez teve que encarar uma decisão difícil acerca de algo em que acreditava? - Perguntou calmamente. - Ou nem sequer acredita em nada?

- Acredito na verdade, - disse ele, mas ela já estava a levar o seu tabuleiro para a cozinha.

Com que então, o recife tremeluzente era uma fantasia de Jonah. Ou talvez fosse a sua esperança. Anton acedeu ao seu ambiente de trabalho e encarou o seu prato à medida que as imagens apareciam nas suas lentes. *Novos dados*, subvocalizou, e apareceu uma factura, letras negras flutuando num mar de azul. A companhia Jovan tinha comprado os direitos para certos arquivos biomédicos a um corretor, que os tinha comprado a um hospital privado.

O nome do paciente não fazia parte do contrato.

O hospital era o mesmo em que Elliot tinha morrido.

- *Fechar*. - As letras desapareceram. Apercebeu-se de que tinha cerrado os punhos, e abriu as mãos lentamente. Agarrou no seu tabuleiro, levou-o para a copa, e pô-lo ao pé da comida intocada de Li. - Não estamos a fazer jus aos recursos locais, - pensou enquanto pousava o tabuleiro.

- Não estou certo de estar a perceber a sua queixa, - disse educadamente o administrador do hospital. Baixou o olhar, para a superfície da sua secretária de teca, sentado direito, mas à vontade, no seu escritório virtual, decorado com bom gosto. - Vendeu-nos vários órgãos, direitos de clonagem para vários tipos de células e abdicou dos direitos a quaisquer resultados de testes em arquivo. Foi um contrato padrão, legal. Foi assinado e autenticado pela sua retina na presença do nosso notário privativo.

- Tenho a minha própria cópia do contrato. - Anton cerrou os dentes. - Sei que renunciei aos meus direitos sobre os resultados dos exames. - Tentara lembrar-se de todos eles, bioquímica, EEG[4], ECG[5], vários scans de órgãos, cerebrais, de tecidos. Nada que desse a uma sonda espacial a personalidade do seu filho. - Estou a perguntar-lhe acerca das interacções virtuais com as quais Elliot ocupou o tempo. Essas *não* eram exames. - Inclinou-se para a frente, desejando agarrar o homem pelos ombros e abaná-lo. - Como reagiria o ambiente virtual se o fizesse? - As simulações interactivas eram entretenimento, não eram tratamento. - Embora o médico as tivesse sugerido. Tinha dito que os doentes paralisados eram menos atreitos à depressão e consequente supressão do sistema imunitário se pelo menos se pudessem mover em ambiente virtual. - Foram o meu presente para Elliot. - Tinham mergulhado, feito caminhadas e escalado montanhas juntos. *Gravaram o tempo que o meu filho passou em ambiente virtual?*

---

4 Electroencefalograma.
5 Electrocardiograma.

Não precisa de se exaltar, Sr. Kraj, - tentou acalmá-lo o administrador.

- Quero saber se as interacções foram gravadas. - Anton proferiu cada palavra lenta e claramente. Esta conversa era como mover-se em terreno movediço. - É tudo. - *Tinham* que ter sido gravadas. Era a única maneira de alguém ter dados suficientes sobre Elliot para criar alguém que risse como ele, que utilizasse as mesmas expressões que ele. Viram-nos a brincar, a falar. Anton respirou lenta e profundamente, tentando acalmar-se.

- Queira desculpar. - Disse o administrador de forma tensa. - Não vejo razão para aceder aos nossos arquivos a seu pedido.

- Sou o seu *pai*. O seu tutor legal.

- Abdicou de todos os direitos aos resultados dos exames do seu filho. Foi pago por essa renúncia. Ponto final. Posso ajudá-lo em mais alguma coisa?

- Vá para o Inferno. *Desligar*. - Anton tirou as luvas de membrana enquanto o seu quarto reaparecia. Deitou a cabeça na secretária, querendo esmurrá-la com os seus punhos até que a falsa madeira estalasse e se partisse. Esta, ou os seus punhos.

- Tem uma visita, - anunciou o seu sistema doméstico. - Cam, o seu vizinho.

- Não estou em casa. Casa, *anular*. - Suspirou. - Deixa-o entrar. - Ainda não tinha decidido se gostava do vizinho ou não, mas neste momento qualquer distracção era bem vinda.

- Ainda bem que está em casa. Quero comemorar com alguém. - Mostrando os dentes, Cam acenou-lhe com uma garrafa de champanhe e duas flutes iguais. - Um verdadeiro vintage da Califórnia. Vale de Sonoma. Irrigadas por aspersão com cem porcento de água doce e apanhadas à mão.

- O que aconteceu? - Anton endireitou-se e atirou as luvas para a secretária.

- Consegui cumprir um contrato difícil. - Cam riu-se enquanto a rolha saltava e ricocheteava no tecto. - Até *eu* tinha as minhas dúvidas se conseguiria fazê-lo. Podia dizer que sou melhor do que pensava, mas na verdade tive foi sorte. - Deu a Anton uma flute, com vinho de cor suave. À nossa. - As taças tilintaram levemente quando se tocaram.

- Parabéns. - Anton ergueu a sua taça e chegou o copo aos lábios.

- Que é que se passa? - Cam empoleirou-se no canto da secretária de Anton. - Não estou tão inchado ao ponto de estar cego. Foi afastado do seu caso?

- *Ninguém* me afasta de um caso. - Anton franziu os lábios. - Um administrador hospitalar muito bem educado acabou de me dizer que os arquivos médicos do meu filho não me dizem respeito.

- Ah sim, claro. Hospitais. - Cam bebeu vinho e revirou os olhos. - Acham que além do nosso corpo, também são donos da nossa alma.

Anton encolheu-se.

- Gosto de si. Gosto mesmo dos seus programas online. Faz mossa e não brinca em serviço. - Cam olhou para o seu vinho, balançando de forma indolente um pé. - Nunca utiliza, erm… informação obtida ilegalmente? - Perguntou, passado um bocado.

- Quer dizer, pirateada? - Anton observou-o. - Se o fiz, certamente não o diria a ninguém.

- Pois. - Cam remexeu o vinho na taça. - Digamos que eu talvez possa... ser capaz de lhe arranjar uma cópia desses arquivos. - Olhou cautelosamente Anton, de lado. - Talvez sim. Ou talvez não.

Anton bebericou o seu vinho. Podia ser uma armadilha. Havia com certeza muita gente que tinha razões para o tramar. Cam sempre lhe parecera suspeito. Tinha sempre o cuidado de nunca perguntar acerca da origem dos dados obtidos pelos seus informadores. As penas por entrada ilegal em bases de dados privadas eram muito altas, e a ignorância era, no melhor dos casos, uma defesa pouco convincente. Mas era bom a farejar armadilhas. - Gostaria muito de ter acesso a esses arquivos, - disse cautelosamente. - Ficaria muito grato. - Observou as minúsculas bolhas a virem ao de cima na sua taça.

- Se encontrar alguma coisa, é um presente. - Cam debruçou-se para tocar com a borda da sua taça na de Anton. - Porque você é bom naquilo que faz.

- Obrigado. - Anton deixou que Cam voltasse a encher a taça, e sacudiu uma pontada de desconforto.

Não queria voltar a falar com Jonah mas se, no final das contas, ia eviscerar a Jovan, Jonah era o seu ponto mais fraco. O resto do pessoal constituía uma frente unida e, unanimemente, não informativa. Com o tom certo, podia transformar a sonda de IA numa explorada criança escrava ou num monstro, o que funcionasse melhor. Jonah era o isco que iria prender a sua audiência, fazendo recuperar as acções da NewsNet da sua actual queda. Durante uma semana, de qualquer modo.

Era apenas um trabalho. Então porque raio se sentia culpado?

- Fico contente que conviva com Jonah. - Sandra Li acenou com a cabeça atrás da sua secretária. A luz cinzenta de um dia nublado sombreava as suas olheiras, como se esta andasse a dormir mal. - Ele gosta de si.

- Ele é uma IA, - disse Anton.

- Sim. - Li virou-se para olhar pela janela para a convergência cinzenta entre o mar e o céu. - É, não é?

Sugeriu-lhe então que fosse nadar com Jonah, que era o que Anton pretendia pedir, à espera de uma recusa obstinada. Ela também o tinha deixado assistir a um dos seus treinos de simulação. Não havia recifes na sua versão, mas tinha-lhe proporcionado um belo passeio. Anton ponderou acerca da mudança do comportamento dela enquanto descia para a casa dos barcos. Antes, tinha sido prestável porque alguém lhe tinha mandado sê-lo. Questionou-se acerca daquilo que estaria por trás dos seus graciosos convites. Alguma coisa era. Ela não era nem ingénua nem estúpida, e sabia que ele estava no encalço deles. Ainda que fosse difícil de provar em tribunal, não havia dúvida que a Europa AM estava a fazer passar dinheiro através do cómodo buraco de verme[6] da companhia Jovan. E Sandra Li, a

---

6 Wormhole no original. Um conceito de Física, na sua essência um "atalho" através do espaço e do tempo. Possui pelo menos duas "bocas" as quais estão conectadas a uma única "garganta" ou tubo, a matéria (neste caso o dinheiro) pode "viajar" de uma boca para outra passando através da garganta. Trata-se de uma lavagem de dinheiro.

directora, estava ao corrente.

Uma hipótese arrepiante ocorreu a Anton enquanto entrava na cavernosa casa dos barcos. Podiam acontecer acidentes no oceano. Estaria ela assim *tão* desesperada? Um técnico, envergando um fato de trabalho, estava sentado com as pernas cruzadas ao lado da piscina de mergulho, com um notebook no colo. - Olá. - Sorriu, educado mas cauteloso. - Se está à procura de Jonah, ele está mesmo a acabar uma sequência de testes. Cinco minutos, ok?

- Pode perguntar-lhe se quer nadar comigo? - Anton olhou por cima do ombro do técnico enquanto o homem transmitia a sua pergunta a Jonah. Focou as suas cameras no ecrã, muito embora os números não tivessem qualquer significado para ele. Ambiente científico.

- Claro que te levo a nadar comigo. - Soou a voz de Jonah no seu ouvido. - Podias ter-me perguntado tu mesmo, tás a ver? Basta acederes a *golfinho* e entras em contacto comigo. Implementei-o quando te hackeei[7] ao simulador.

- Está a dizer que teria todo o gosto em nadar consigo. - O técnico tocou no ecrã do seu portátil e os números desvaneceram-se.

- Como é trabalhar com ele? - Perguntou Anton, com curiosidade.

- Com Jonah? - O técnico sorriu para a piscina vazia. - Por vezes esquecemo-nos de que ele não é um miúdo. Vai daí ele faz um conjunto de cálculos de tensão, ou apercebe-se de algo muito antes de nós, e lembramo-

---

7 Acesso informático sem permissão, pirataria informática.

nos do que ele é na *realidade*. O Jonah tem realmente um grande sentido de humor. - O seu sorriso alargou-se. - Faço a maior parte dos testes subaquáticos com ele, e já me apanhou desprevenido várias vezes. Já acabei. O equipamento de mergulho está naquele cacifo. - Apontou com a cabeça. - Precisa de alguma ajuda?

- Obrigado, eu safo-me. - Anton observou enquanto o técnico guardou o notebook no seu fato de trabalho e saiu. Era mais afável que a maior parte das pessoas ali. - Posso oferecer-lhe uma cerveja uma tarde destas? - Perguntou. - Gostaria de me ambientar com o projecto e com o Jonah, através da sua perspectiva.

- Sim, pode ser. - O técnico estava a tentar fazer-se desinteressado, mas estava satisfeito. - Ei, sempre quis ser famoso.

Ele, e toda a gente. - Porreiro. - Anton apertou-lhe a mão por um momento.

- Chamo-me Denny O'Shea.

- Procurarei por si. - Anton encaminhou-se para o cacifo do equipamento. Talvez tivesse finalmente encontrado a fenda na silenciosa frente unida do pessoal. Anton ligou uma nova esfera de dados aos seus dermo-implantes e inspeccionou o equipamento de mergulho. As botijas armazenadas eram leves - equipamento de bio-circuito fechado[8] de última geração, deu-se conta. Os seus dermo-implantes eram à prova de água, por isso não os retirou enquanto vestia um fato de mergulho leve.

---

8 Rebreather no original, aparelho respiratório de mergulho que fornece um gás respirável ao mesmo tempo que recicla o gás exalado.

- Não precisas, mesmo, de entrevistar o Denny, pois não? - A voz de Jonah soou no seu ouvido. - Desliguei o som dos monitores de segurança da sala para que pudesses falar, - disse alegremente.

- Bem, não, na realidade não creio que precise de uma entrevista com o Denny. - Anton, inesperadamente, deu por si relutante em mentir a Jonah. - Mas talvez venha a precisar. Nunca se sabe. Portanto não lhe digas nada, ok?

- Não digo. - Jonah soava pensativo. - Ficaria magoado. Obrigado por ires nadar comigo.

- Tal como já disse, és a pessoa mais interessante daqui. E a mais esperta, - disse Anton, ouvindo outra vez aquele eco de solidão. - Eles sabem que lhes esfrangalhaste a segurança?

- Ná. - O tom acarneirado de Jonah fez Anton rir. - Eu nunca *faço* nada. Era um desafio, tás a ver? Bem, se calhar até fiz alguma *coisinha*. - O tom acarneirado intensificou-se. - Criei-te um acesso oculto, e dei um jeito no teu chip.

- O meu chip? - Anton colocou a máscara de mergulho e levou as suas barbatanas para a piscina.

- Só era suposto funcionar quando a Sandy te desse acesso. E alguns locais estavam bloqueados. Como o laboratório de simulações. Ela adivinhou quando te encontrou lá, mas não me disse nada. - Jonah emergiu, com a água a escorrer-lhe pelo dorso prateado abaixo. - Agora já podes ir a qualquer lugar, em qualquer altura.

- Não te vais meter em sarilhos? - Perguntou Anton, e apercebeu-se que estava realmente preocupado. IA, miúdo *não*. Filho *não*. Expirou lentamente. - Como é a tua vida aqui? - Anton verificou para se assegurar que o seu equipamento de cabeça estava no devido lugar e que ainda estava em modo de gravação.

- É boa. - Jonah submergiu lentamente abaixo da superfície. - Faço uma data de testes na água. Este corpo sofreu algumas modificações, para se parecer o bastante com o corpo que usarei em Júpiter. Até encontrámos, ao largo, uma boa corrente de retorno que se assemelha um pouco ao vento em que vou navegar.

O corpo que irei usar, tinha ele dito. Como se a alma pudesse ser decantada de um recipiente para outro. Como se ele fosse software. Bem, ele *era* software, em grande parte, não era? Lembrou-se ironicamente Anton. *Jonah* não estava confuso acerca da sua identidade. Anton submergiu, a pressão fez-se sentir nos seus ouvidos até que este engoliu em seco, e estalaram. O sussurro do barulho de fundo subaquático encheu-lhe a cabeça.

Adorava mergulhar. Era o mais parecido com voar que se conseguia, sendo um mamífero terrestre. Tinha ensinado Elliot, e Elliot também o adorara. Anton engoliu em seco, e concentrou-se em ir atrás da silhueta esguia de Jonah. Deslocaram-se ao longo da orla da enseada, mantendo-se dentro dos seus braços protectores. Anémonas floresciam nas rochosas encostas subaquáticas, salmão e rosa, as cores das camada de nuvens de sulfitos de hidrogénio de Júpiter.

- Sabias que os vermes tubulares[9] vivem nas fumarolas vulcânicas? - O tom de voz de Jonah era pensativo. - A vida é realmente adaptável. Aposto que há um sem

____

9 Riftia Pachyptila, verme marinho invertebrado.

número de criaturas a viver nas camadas de Júpiter. Até mesmo… espécies inteligentes.

- É possível. - Anton nadou até ficar a par com Jonah, ouvindo os sonhos de um rapaz na sua voz. - Se assim for serás ainda mais famoso online do que eu.

- Pois. - Jonah virou para baixo em direcção à base dum pilar de coral. - Olha, uma raia. - Um fino braço emergiu do ventre de Jonah, e sondou a areia com uma mão de três dedos. A raia irrompeu numa nuvem de sedimento, ondulando para longe até assentar preguiçosamente, uma vez mais, no fundo. - Este seria um bom design para o mar gasoso de Júpiter, - disse casualmente.

- Raias jupiterianas teriam de ser muito mais sólidas que essas criaturas do recife que me mostraste.

- Raias de gás, - disse Jonah. - Poderiam ser mais sólidas. Poderiam mesmo ser inteligentes.

- Raias de gás. - Anton agarrou a barbatana dorsal de Jonah, deixando que este o puxasse pela água. - Também achas que elas existem, não achas? - Perguntou suavemente. - Raias inteligentes?

- A Sandy não te disse? - O tom de Jonah era monocórdico. - São ilusão de uma extrapolação computacional.

- Ela disse-me. - Disse Anton suavemente. - *Existem* mesmo?

- Sim. - Jonah acelerou. - Desta vez vou dar-lhes provas reais, sólidas.

Vou melhorar, dissera Elliot no mesmo tom. Um breve acesso de culpa trespassou Anton. Se denunciasse a Jovan como a fraude que esta era, então Jonah não teria oportunidade de ir. Mas se a Jovan *era* de facto a fraude de que ele suspeitava, então de qualquer das maneiras, na realidade não iriam concretizar o projecto. Ou poderiam abortá-lo o projecto e deixar Jonah sem contacto e abandonado.

- Se eu fosse software-tipo não me importaria, - disse Jonah pensativamente. - Às vezes gostaria… - calou-se por um momento - queres ver um sítio giro que encontrei? - Perguntou de repente. - É um recife onde alguns dos corais sofreram mutações. Formaram espirais mesmo giras.

- Mostra-me, - disse Anton. Do que é que gostarias? Pensou. Que não tivesses de te importar? Também eu, pensou amargamente. - Uma vez vi alguns corais mutantes, ao largo da costa do México.

Foram ver o belo jardim de coral, fizeram uma corrida pela enseada. (Anton perdeu, ainda que, suspeitava, Jonah se retraísse). Jonah mostrou-lhe os seus lugares favoritos, os jardins privados de uma criança solitária. Anton andou na montanha-russa líquida das correntes ao largo, agarrado à barbatana dorsal de Jonah.

Exploraram toda a enseada, igualmente excitados pela descoberta de pequenas quantidades de ouriços-do-mar roxos, uma espécie rara de equinodermes. Era divertido. - Lembras-te daquela vez na Grande Barreira de Coral? - Perguntou Anton, enquanto se arrastava, exausto, para fora da água. E com uma crispação de medo, apercebeu-se do que tinha acabado de dizer. - Esquece. - Tirou a sua máscara e ocupou-se em desconectar o seu aparelho respiratório. - Estou cansado.

- Ok. - Jonah boiava na piscina, imóvel como um

tronco. - Voltas amanhã?

- Eu... eu não sei. - Anton não olhou para ele. - Eu... se calhar tenho que trabalhar noutra peça.

- Pois. - Jonah submergiu como uma pedra. - Claro.

- Espera, - disse Anton, mas não obteve resposta.

Ainda estava a gravar. - *Terminar*, - subvocalizou. - *Apagar tudo*. - O dia todo. Tudo.

- *Tem a certeza?* - Sussurrou o seu sistema de voz pelo seu implante. - *Tem mesmo a certeza?*

- Já não tenho a certeza de nada. - Pôs-se de pé, com os seus músculos trementes por já não mergulhar há muito tempo e levou o equipamento de volta para o depósito. - Não tenho certeza de porra nenhuma. *Cancelar apagar*. - Atirou o aparelho respiratório para a sua prateleira.

As janelas do salão principal estavam abertas. Ouviu risos e cheirou-lhe a café. Tencionara entrevistar alguém do pessoal hoje, mas tinha engraçado com O'Shea. E ir-se-ia sentir acusado pela educada desconfiança deles. *Vais matar os sonhos de Jonah*. Não, pensou furiosamente Anton. *Vocês é que vão*. De qualquer modo Jonah ficaria a perder, fosse como fosse. Alguém ficava sempre a perder. A raiva amargava-lhe a boca, como cinzas velhas.

Parou numa clínica pública a caminho de casa. Eram todas parecidas. Os quadros nas paredes da recepção variavam, mas era praticamente só isso. - Para onde posso encaminhá-lo? - Perguntou o recepcionista, de carne e osso. - Clínica geral?

- Psiquiatria, - disse Anton, e entregou o seu cartão ao homem.

- Siga a linha roxa. - O recepcionista passou o cartão por um terminal e devolveu-o com um sorriso profissional. - Tenha um bom dia.

Anton resmungou. Uma linha de luz roxa apareceu a seus pés. Conduziu-o por uma porta e ele seguiu-a por um vasto corredor, passando por portas sem sinalização que ocultavam cubículos de diagnóstico com os seus enfermos, ansiosos ou deprimidos ocupantes. A música ambiente era suave, amena, e o ar cheirava ligeiramente a flores. O hospital privado onde Elliot tinha sonhado e morrido, era ainda mais bonito, com janelas holográficas repletas de vistas panorâmicas, e comida gourmet.

E quando tudo terminava, ficava-se apenas com o luto e as contas. E eles devoravam o corpo e a alma do ente querido que perdêramos. A linha de luz roxa terminava numa das portas cor de marfim. Anton abriu-a, entrou, e sentou-se na poltrona almofadada reclinável antes que a sala o pudesse convidar a fazê-lo.

- Olá, Anton. - Um homem materializou-se ao lado da poltrona, sentou-se e pôs-se à vontade num cadeirão a condizer. - O que está a perturbar, hoje?

Calhava-lhe sempre um holograma masculino. Anton questionou-se o que é que havia na sua ficha pessoal que só dava azo a figuras masculinas. - Vi um fantasma, - disse.

- Um fantasma, a sério? - O holodoutor inclinou-se para a frente, com uma expressão interessada. - Onde?

Na Jovan, diria, e então a programação do doutor perguntar-lhe-ia se era alguém que ele tivesse conhecido, de seguida esta iria perguntar-lhe como é que se sentia acerca da morte dessa pessoa, e...

- Encontrei o meu filho, e ele é tão irreal quanto você. Só que estou com dificuldades em ter isso em mente.

- Então, onde é que viu esse fantasma? - A imagem do doutor afigurava-se gentil. Calorosa.

- Não vi. - Anton levantou-se. - Vi um golfinho. Os fantasmas não existem.

- Sente-se e relaxe, Anton. Não há pressa. Fale-me desse golfinho.

Anton fechou a porta atrás de si. A luz roxa tinha desaparecido, mas não teve dificuldade em encontrar o caminho de volta para a área da recepção. O recepcionista olhou por cima do seu ecrã, o seu jovem rosto indiferente por detrás do seu sorriso profissional. - Tenha um bom dia, - disse.

O seu apartamento arrendado não lhe parecia familiar quando abriu a porta. Ficou na soleira da porta, tentando lembrar-se de outros apartamentos, detalhes dos seus estofos, dos padrões de cor ou da sua disposição. Lembrava-se apenas de divisões, camas, mesas postas com refeições de microondas. Tudo o que ficara eram as *histórias*, a edição, a escolha cuidada das cenas que davam à peça o seu contorno emocional. E subitamente deu consigo a pensar se seria mais humano que Jonah.

- Boas, Anton! Pareceu-me ouvir o elevador.

Anton olhou por cima do ombro. Cam sorria abertamente. - Conseguiste, - disse Anton suavemente. Começou a sentir um nó no estômago. - Entra. - Abriu caminho para Cam. - Mostra-me. - Encostou as costas à porta, como se Cam pudesse tentar escapulir-se.

- Sim, consegui. - Ainda a mostrar os dentes, Cam tirou do bolso uma esfera de dados, agitando-a levemente na palma da sua mão. - Realmente fizeram uma data de testes ao teu miúdo.

- O Santorres era novidade e interessante. - Anton sacou a esfera da palma de Cam, dirigiu-se para a sua secretária, e ligou-a ao seu terminal.

- Vai aparecer em forma de lista. - Cam espreitou por cima do ombro de Anton. - Se quiseres pormenores, podes aceder a esse teste em particular. Saquei tudo, os apontamentos dos médicos e tudo o mais. Para poderes ver bem. Foi cá um trabalho, pá. A segurança lá é boa.

- Imagino que sim. - Anton calçou as luvas. Todos os hospitais privados tinham uma segurança apertada. De outra forma não atrairiam clientes. - Estou impressionado. Ah. - A sílaba estava a meio caminho entre um resmungo e um suspiro.

Ele sabia que estariam ali, gravações daquelas tardes virtuais. Mas vê-las listadas juntamente com a pressão arterial, análises à urina e exames TAC, atingiu-o em cheio. Interacções virtuais, o nome do ficheiro estava ali em malditos caracteres negros. Anton tocou no I grande, e pestanejou à medida que dava por si envergando roupa de mergulho subaquático numa costa rochosa.

- Mal posso esperar para lá chegar. - Elliot limpou a sua máscara com um pano anti-embaciador. - Vamos até àquele recife, aquele com muitas anémonas, pai? - Olhou para cima, para Anton, os olhos arregalados na sua bronzeada e saudável face. - Às vezes esqueço-me quando estamos a mergulhar desta maneira. Talvez seja mais fácil deixar o virtual ser o real quando não se tem futuro. Sei que não vou melhorar. Não tens que fingir por minha causa, pai.

- Fechar. - Anton fechou os olhos. O hospital tinha vendido este momento. Tinha sido visto por estranhos. Talvez até se tivessem rido à socapa. Uma raiva lenta e quente invadiu-lhe a pele.

- Más notícias? - Perguntou Cam.

Anton pestanejou enquanto olhava para ele. - Diz-me quanto te devo por isto, - disse entre-dentes. - O que for.

- Já disse que era um presente. - Cam abanou a cabeça enquanto se punha de pé. - Fico satisfeito por ter podido ajudar, mas parece-me que te trouxe uma caterva de dor. Se houver mais alguma coisa em que possa ser útil…

Anton abanou a cabeça. - Obrigado, - sussurrou. - Muito obrigado.

- Certo. - Cam fez uma pausa no hall de entrada. - Tenho uma garrafa de brandy Napoleão, mesmo do bom, na minha prateleira, - disse. - Bate-me à porta quando quiseres. - Levantou uma mão e saiu.

Anton respirou fundo duas vezes, para se acalmar, assim que a porta se fechou atrás de Cam. De seguida voltou-se de novo para o terminal. As suas pernas doíam por já não estar habituado à natação. Hesitou, lembrando-se da voz de Jonah enquanto falava acerca de Júpiter. Jonah. Elliot. Protótipo. Alma roubada. Anton voltou a calçar as luvas. - *Golfinho.* - Pestanejou enquanto a sala tremeluzia e desaparecia.

Estava à espera de uma qualquer espécie de ambiente

de trabalho. Em vez disso deu por si deslizando pela névoa opalescente sob um céu cor-de-rosa.

Um pouco mais distante, Jonah nadava graciosamente pelo amoniacal mar gasoso de Júpiter, entrando e saindo por entre os frágeis recifes levados pelo vento. Aparentemente Jonah ainda não se tinha apercebido que Anton se lhe tinha acoplado em modo mimético. Anton abriu a boca para falar, fechando-a à medida que Jonah efectuava uma pirueta para cima e rodava, claramente brincando, a divertir-se. Brincando, da mesma maneira que Elliot tinha brincado por entre os corais virtuais do mar terrestre. Anton engoliu em seco, à procura de palavras para falar, para dizer a Jonah... o quê?

Sem aviso, o mar de neblina opalescente entrou em erupção, um pilar de nuvens irrompeu céu acima. O tecto de sulfito de hidrogénio rosa e ouro pareceu encolher-se com o contacto, abrindo-se como uma ferida à medida que a ameaçadora coluna o trespassava. Um infortunado recife foi sugado para o turbulento vapor, rompendo-se em fragmentos que se retorceram em espiral e desapareceram na turbulência. Jonah tinha-se virado para fugir. A sua espessa cauda, agitou-se, com as enormes barbatanas caudais batendo desesperadamente e as laterais a toda a força. Mas tinha sido feito para navegar no vento, não para o derrotar. Deslizou, cauda para a frente, em direcção à coluna.

- Jonah! - Gritou Anton.

Um farrapo de nuvem envolveu Jonah, por um momento agonizante pareceu resistir à tempestade. De seguida, numa horrenda câmara lenta, uma barbatana lateral foi arrancada, depois parte da caudal. Retorcendo-se, como que em agonia, Jonah desintegrou-se, rasgado lentamente em pedaços pelas invisíveis garras do vento. Um terrível e agudo grito ecoou pelo crâneo de Anton. Juntou-se-lhe com um rouco e despedaçante grito de horror.

Logo de seguida, estava de volta à sua sala. Ofegante, olhou fixamente para as suas mãos, para as marcas vermelhas que as suas unhas tinham deixado nas palmas. - Jonah, - sussurrou.

Um sonho, disse a si próprio. Era um sonho electrónico, uma simulação, não era mais real do que os seus mergulhos com o paralisado Elliot.

A realidade aguardava em Júpiter. Uma sala cheia de técnicos gravaria os gritos moribundos de Jonah enquanto era desfeito, congelado, queimado e esmagado pelo gigante gasoso. Observariam e analisariam, da mesma forma que tinham observado e analisado o mergulho de Elliot. *Não tens que fingir por minha causa, pai...* Anton fechou os olhos e estremeceu. Jonah era apenas um protótipo. Uma máquina. Tinham o direito de observar. Respirando pela boca, Anton entrou no seu escritório. - Aceder ao apoio jurídico, - disse rispidamente. - Quero mover um processo por uso ilegal das gravações privadas do meu filho.

Anton estava mais do que surpreso que a segurança da Jovan o tivesse deixado entrar pelo portão de acesso à enseada. Aproximava-se uma tempestade, homens e mulheres envergando fatos de trabalho passavam por ele apressados, cabeças inclinadas contra as rajadas de vento. Este trazia areia, fustigando a pele exposta do rosto de Anton, e os funcionários da Jovan olhavam para ele com flagrante hostilidade. Estavam a par do seu processo. Invasão de privacidade, tinha-o informado o advogado. Iremos processá-los por isso e por quebra de contrato. Anton colocou-se perante o ecrã da recepção, na entrada, que ainda estava decorado ao estilo de uma estância de férias à beira mar, meio à espera de receber um ícone com uma mensagem educada comunicando-lhe que a Srta. Li estava permanentemente ocupada.

- Você. - Ela fitava-o pelo ecrã. - Nunca pensei que tivesse o descaramento... oh sim, quero *mesmo* falar consigo, Sr. Anton Kraj. - O ecrã apagou-se.

Uma luz verde pálido piscou no chão. Ele seguiu-a até à fachada oceânica do edifício, penetrando num pequeno e luminoso escritório. Desabrochavam orquídeas nas janelas, enchendo a sala com um húmido odor tropical. - Não posso crer que tenha feito isto. - Rigidamente empertigada atrás da sua secretária, Li tamborilava numa folha impressa com uma unha. - Queria ouvir os seus argumentos antes de o mandar expulsar das instalações.

- Argumentos? - Enfrentou o seu olhar zangado. A sua pele parecia ter sido retesada sobre os ossos do seu rosto, e os seus olhos tinham umas olheiras sombrias. - Como pode sequer perguntar? Utilizaram a agonia do meu filho... os nossos últimos meses juntos... - Engasgou-se, esforçando-se por usar palavras racionais, civilizadas. - Quando lhe peguei na mão, nem sequer conseguia apertar os seus dedos em volta da minha. Tudo o que tínhamos eram aqueles mergulhos juntos. Aproveitaram-se de tudo isso. - A sua voz alterou-se. - Usaram a sua esperança, o seu medo, os seus poucos momentos de alegria. *Aproveitaram-se* disso.

- Sr. Kraj, Anton. - Ela inclinou-se para ele, com os seus enormes e escuros olhos na face magra. - Lamento. Não sabia e... lamento imenso. Comprámos essas gravações de boa fé. Devíamos ter averiguado os termos contratuais do hospital, e não o fizemos. Isso foi falha nossa, sim. Mas não roubámos a alma do seu filho. Essas gravações foram tratadas com grande respeito. O que está feito, feito está. - Agora argumentava. Uma mão estendida por cima da superfície acetinada da sua secretária. - Jonah *existe*. Não poderemos usá-lo tal como ele é, se o tribunal decidir que não temos direitos sobre esses ficheiros originais. Não poderemos fazer o lançamento. - Olhou directamente nos seus olhos. - Ele quer ir, Anton.

- Ele é uma Inteligência Artificial. - Desviou a cara. - Não faça chantagem emocional comigo.

- É assim tão frio? - Arquejou ela. - Você tem uma reputação tão grande por desvendar vigarices e fraudes. Mas sempre no campo das ciências. Porquê, Sr. Kraj? Está a castigar toda a ciência por causa duma pequena companhia ter sido descuidada?

- Eles não foram descuidados. - Disse friamente. - Cometeram fraude intencionalmente. E eu não estou a castigar ninguém.

- Treta. - Pôs-se de pé. - Segurança. - Levantou a voz. - Já podem escoltar o Sr. Kraj para fora das instalações.

- Sandy? - Uma voz masculina familiar soou em altifalantes invisíveis. - Temos problemas. O Jonah desapareceu.

- *O quê?* - Li olhou de lado para Anton. - O que queres dizer com *desapareceu*? Disse-te para o manteres debaixo de olho, Denny!

- E fi-lo. - Denny parecia desconsolado. - Estava a efectuar as simulações, a sua, estás a ver? Fui buscar uma sanduíche ao refeitório uma vez que costuma ficar lá pelo menos duas horas. Só me demorei dez minutos. Quando regressei, tinha desaparecido.

- Aqui Brevin, segurança da enseada. - Uma voz mais grave sobrepôs-se à de Denny. - Acabamos de detectar algo a sair da enseada. Parece ser o sinal de Jonah.

- É, - Afirmou de forma tensa Li. Pressionou o rebordo da mão contra a têmpora. - Para onde se dirige?

- Talvez em direcção à Garganta. - Brevin parecia céptico. - Posso estar enganado. É difícil rastreá-lo. Esta tempestade ao largo está a levantar uma data de sedimento. E ele já sabe que não deve ir para lá... por isso não sei.

- Não nos podemos arriscar, - afirmou Li preocupadamente. - Vá-me buscar à doca daqui a um minuto.

- A caminho.

- Traga o barco grande. - A sua voz era ríspida. - Podemos precisar da grua. - Ergueu a cabeça e olhou para Anton. - Está a caminho da Garganta, - disse ela friamente. - É um canal rochoso entre o promontório e os rochedos na embocadura da enseada. A corrente é mortífera na mudança da maré. E ainda por cima temos ondas tempestuosas. Os rochedos podem danificá-lo gravemente.

Como a tempestade que o fez em pedaços na simulação na qual ele se tinha imiscuído? - Disse-lhe isso? - Perguntou-lhe gentilmente.

- *Eu* não lhe disse, mas toda a gente sabe. - Empurrou a porta, abrindo-a, apressando-se pelo corredor. - Eu… não lhe disse quem é que meteu o processo. Ele gosta de si. - A sua voz ressumava amargura. - Ele pensa que você é amigo dele.

E ocorreu a Anton que ela tinha *querido* que eles fossem amigos, talvez para permitir que a sua amizade com Jonah lhes servisse de escudo. Não admira que tenha sido tão prestável em deixar-me brincar com Jonah. Boa tentativa de manipulação.

Nesta altura do campeonato, estava-se nas tintas. - Vou consigo. - Alcançou-a.

- O tanas é que vai. - Irrompeu pela porta no final do corredor.

O vento açoitou o cabelo de Anton, contra os seus olhos, quando este foi no seu encalço. A tempestade ao largo estava a aumentar rapidamente, chicoteando a enseada com ondas de crista branca. Um barco balançava-se no mar picado, motores vibrando surdamente enquanto acostava à doca no sopé da encosta. Li desatou a correr, os seus pés martelando as travessas de madeira. O barco já estava a afastar-se da doca quando ela saltou para bordo. Não iam esperar por ele. Anton arrancou até à beira da doca e saltou. Aterrou com poucos centímetros de folga, em equilíbrio precário enquanto a embarcação balançava no mar picado. Por um momento terrível, pensou que o iam deixar cair borda fora, afogar-se ou debater-se para regressar à doca. Então mãos agarraram-no e puxaram-no para o convés escorregadio.

- Levem-no de volta! - Irrompeu Li, lívida de raiva.

- Deixem estar, não há tempo. Não se meta é debaixo dos nossos pés. Isto é culpa *sua*! - Voltou-lhe as costas, baixando-se rapidamente para entrar na cabine.

Por um momento os dois homens em fato de trabalho, no convés, deitaram-lhe um olhar sombrio. Um deles seguiu Li para dentro da cabine. - Sabe, também estou preocupado com ele. - Disse Anton para o homem que o tinha ajudado. Era Denny. - Como é que o vão encontrar?

- Já sabemos onde está. - Denny parecia desgostoso. - Tem um dispositivo rastreador que pode ser activado remotamente. Está na Garganta. Se ficar demasiadamente amassado pode partir uma data de hardware dispendioso.

Suicídio? Anton agarrou-se à amurada enquanto Denny se afastava apressadamente. Não, disse para si mesmo. Não se tratava de um adolescente temperamental, mas de uma inteligência mecânica cuidadosamente concebida. Não se danificaria a si mesmo intencionalmente. O céu de chumbo troçou dele, e as chuvas no horizonte recordaram-no da tempestade de correntes ascendentes que tinha destruído Jonah na sua simulação.

O revestimento de personalidade era experimental, dissera-lhe Li. Talvez ele *fosse* mesmo um miúdo temperamental. Talvez até *pior* do que o típico miúdo temperamental. O barco estremeceu e virou de bordo à medida que o capitão o apontava para o estreito canal entre a face de um penhasco rochoso e um conjunto de três enormes rochedos que se erguiam cerca de nove metros acima da água. A Garganta. A água agitava-se, esbranquiçada, respingando à medida que as ondas tempestuosas trovejavam de encontro à linha costeira. Dentes de rocha brilhavam, molhados e negros, por entre a rebentação. O capitão mantinha o barco na orla da pior turbulência. Era duro. As ondas que se sucediam, empurradas pela tempestade que se aproximava, levantavam a proa do barco da água, deixando-a cair de chapa, entre ondas. O estômago de Anton crispou-se desoladamente.

Então, enquanto uma onda vazava, apanhou um vislumbre de prata quase mesmo debaixo dele. Ou talvez fosse uma ilusão causada pela luz. Forçou os olhos, agarrando-se à estremecente amurada, à espera do vazar da onda. Ali! O brilho prateado podia ser a barbatana caudal de Jonah. Se era, estava no fundo, rolando como um tronco à deriva, ao sabor das ondas. Quanto tempo demoraria a rolar de encontro às rochas? Afastou da mente uma visão de Jonah a desintegrar-se na tempestade de correntes ascendentes.

Bate à porta da cabine, pensou. Diz-lhes. Mas até conseguir chamar-lhes a atenção, explicar-lhes, o barco já se teria afastado. Ou Jonah já poderia ter ido de encontro às rochas. Uma bóia salva-vidas estava pendurada na amurada, amarrada a uma forte corda. Anton deu-lhe um puxão, libertando-a, desligando a bóia da corda. Podia ser que esta fosse suficientemente forte para içar Jonah, ou pelo menos mantê-lo ali afastado das rochas. Enrolando uma ponta da corda no seu pulso, Anton atirou os sapatos fora e saltou, no intervalo das ondas.

A onda vazante sugou-o, tentando arrastá-lo para o largo. Debateu-se, à cata, descendo às apalpadelas procurando pelo dorso de Jonah, cego pelo sedimento das águas revoltas. Os seus pulmões pareciam estar em fogo quando os nós dos dedos da mão que segurava a corda embateram contra algo que não era tão duro quanto metal. Com o peito a doer, agarrou-se, com força, à medida que a corrente tentava puxá-lo. Cauda, pensou aliviado. Barbatanas… O mar arrastou-os, aos dois, pelo fundo, e ouviu o áspero raspar das rochas contra o corpo de Jonah. Amarrou, atabalhoadamente, a corda à volta da cauda de Jonah, logo à frente das barbatanas caudais, onde a espessura não era maior que a do seu tornozelo. Pulmões em fogo, dirigiu-se para a superfície.

- Anton? - A voz de Jonah explodiu na sua cabeça. - O que é que estás a fazer?

A cabeça de Anton irrompeu à superfície e ele arfou, desesperado por ar. Uma onda apanhou-o de surpresa, ergueu-o e derrubou-o de cabeça para baixo. Os seus ombros rasparam nas rochas ao mesmo tempo que uma mão gigante o atirava através da água. Então bateu com a cabeça, e a dor tingiu-se de vermelho, por entre a escuridão, em seu redor.

- Nada ou afogas-te, - velhos reflexos vieram à tona, e ele tentou, mas as suas pernas moviam-se pesada, preguiçosamente. O seu braço direito estava dormente, um peso gelado que o arrastava ainda mais para o fundo. Procurou alcançar, meio ébrio, o anel do seu colete salva-vidas… puxa-o, Elliot, puxa o anel antes de achares que precisas. É a primeira regra quando se mergulha.

Ah sim, Elliot estava morto e ele não estava a mergulhar. Estava a afogar-se.

Anton mal conseguia sentir a água, flutuava numa suave escuridão. Então alguma coisa rija foi de encontro a ele com tal força que quase gritou e se afogava logo ali. Instantes depois, a sua face irrompeu da água, arfava, engasgando-se, tentando aspirar o ar para dentro de pulmões que doíam como tudo.

- O que é que estavas a *fazer*? - A exasperação de Jonah reverberava na sua cabeça. - Quase que te afogavas!

Jonah estava a segurá-lo com os seus braços de manipulação retrácteis, apercebeu-se Anton, entontecido. - Estava... a tentar... atar-te a uma corda. - E Jonah tinha-*o* salvo. A ironia fê-lo rir, e engasgou-se novamente. - Pensei... que estavas em perigo, - conseguiu dizer arquejante.

- Não estava. - Suspirou Jonah. - Consegui atravessar a Garganta facilmente. Estava apenas a... reflectir. A Sandy está neste preciso momento a moer-me o juízo, - disse, um pouco mal-humorado. - Só não me apetecia falar com ninguém.

- Porquê? - Sussurrou Anton. - Porquê arriscares-te?

- Eles estavam a subestimar *as minhas* capacidades. Sei melhor do que ninguém como este protótipo funciona. - A sua voz endurecera. - E qual é o problema se eu ficar amassado? Um idiota qualquer processou-nos. Se ele ganhar, não faremos o lançamento, e então não passarei de um monte de sucata inútil.

O ronco de um motor fez-se ouvir acima do queixume do vento e do bater da água. - Eu sou o idiota, - disse Anton rapidamente. Não voltariam a deixá-lo aproximar-se de Jonah. - Fui eu que meti o processo.

- Tu? - Os braços de Jonah estremeceram, e, por um momento, Anton pensou que ele o iria largar. - Porquê? - Perguntou, e a mágoa na sua voz fez com que Anton fechasse, por um instante, os olhos.

- Li pensa que é vingança, mas não é. - Os dentes de Anton estavam a começar a bater. - Estás enganado, Jonah. - Disse ele. - Este programa *é* uma fraude. - O barco estava agora quase ao pé deles. - As pessoas que te estão a patrocinar estão-se nas tintas. Podem cortar o financiamento a qualquer altura e deixar-te lá abandonado, de vez. Podem *querer* que tu falhes. Tu não sabes de nada, e a tua directora não quer saber. Vais acabar sacrificado sem qualquer razão válida. - Racionalização. A sua própria voz troçava dele . Não foi por isso que meteste o processo, Anton Kraj, admite-o.

Alguém mergulhou na água ao pé deles, e mãos rudes agarraram Anton. - Eles destruir-te-ão, - articulou com dificuldade. - Ou então Júpiter fá-lo-á. - De seguida alguém em fato-de-mergulho colocou-lhe um arnês à volta da cintura. Um guincho ressoou agudamente, o cabo puxou-o de forma abrupta, e içaram-no para o convés como um peixe fisgado, trémulo e a escorrer água.

Jonah não lhe respondera.

Escoltaram-no para fora da enseada, muito educada e firmemente. Apanhou um auto-táxi para a sua torre, encharcado, ainda a tremer apesar do calor exalado pelo sistema de ventilação. Tinham-no feito saber, Li e os outros, que tinha feito figura de parvo e que já não era bem-vindo à enseada.

Era o silêncio na sua cabeça que doía. E tal não deveria ter importância alguma, uma vez que Jonah era uma máquina, e quaisquer ecos de Elliot não passavam disso, respostas programadas retiradas de mais de mil horas de interacções virtuais. Mas não conseguia deixar de recordar o que Jonah dissera acerca do preconceito contra o biointerface. *Como se alguém pudesse transformar outrem numa máquina por intermédio de um interface cerebral directo...* o público acreditava precisamente nisso.

Então, por conseguinte, seria o *contrário* verdadeiro? Poder-se-ia transformar uma máquina numa criança? Anton passou o cartão no leitor do táxi enquanto este parava em frente à sua torre. No que a ele dizia respeito já tinha respondido a essa pergunta, quando tinha entrado em pânico e saltado para a água.

- Tenha um bom dia, - disse o auto-táxi numa doce voz andrógina.

Vestiu roupas secas, esgueirou-se pelo seu despersonalizado apartamento. Tinha apreciado a vida transitória do espaço arrendado. Aquelas divisões com a sua decoração padrão não permitiam fantasmas, nem truques de associação que o prendessem ao passado. Tinha passado os últimos dez anos a viver no momento imediato de uma nova história, de uma nova vigarice a desvendar, das exigências da montagem de um drama a partir de palavras e imagens.

O seu terminal apitou suavemente. - O Sr. Truc está em linha, - disse-lhe o seu sistema de voz.

Samuel Truc era o seu advogado. Anton pegou nas suas luvas. - *Aceder*. - Disse audivelmente, e deu consigo no escritório do seu advogado. A sala virtual estava pesadamente mobilada em tons de madeira escura, e o pequeno asiático Truc parecia deveras minúsculo atrás do tampo polido da sua enorme secretária.

- O juiz despachou favoravelmente o nosso pedido de injunção contra um futuro uso das gravações interactivas. - Truc sorria. - A Jovan requereu de imediato, ao Tribunal de Apelação, que a reapreciasse. O tribunal não deu provimento à petição. É um bom sinal. - Acenou energicamente com a cabeça. - O nosso processo contra o Hospital da Suave Misericórdia ainda não foi agendado, mas devemos saber alguma coisa ainda esta semana.

Anton acenou com a cabeça, querendo sentir-se triunfante. Mas apenas se sentia cansado. E com frio. A quem pertence uma alma? Pensou amargamente. Quem detém os direitos?

- Contactá-lo-ei quando o caso for agendado. Tenho muito poucas dúvidas quanto ao desfecho. - Truc fitou Anton, esperando obviamente por um qualquer tipo de reacção.

- Sim, obrigado. - Disse Anton em tom carregado. - Estou-lhe grato por tudo.

Saiu rapidamente, sem maneiras, não conseguindo agir de outro modo. A divisão estéril troçou dele. O quarto de um estranho. Não o lar, nunca um lar. O *lar* tinha deixado de existir com Elliot. Dirigiu-se para o corredor e bateu à porta de Cam. Cam abriu imediatamente, e sorriu.

- Pronto para o brandy? - Escancarou a porta.

O apartamento de Cam estava decorado num estilo

muito parecido com o de Anton. Decoração alugada. Hologramas de adultos e crianças em estudadas poses sorridentes espalhavam-se desordenadamente pelos espaços horizontais, mas apesar desta exibição de um lar e de uma família, a sala era tão impessoal como a de Anton. Uma vez mais, algo lhe despertava a atenção, algo que dizia respeito a Cam.

Naquele momento, estava-se nas tintas. Aceitando o copo de brandy que Cam lhe entregava, deixou-se cair no sofá.

- Ao caos. - Empoleirado no braço de uma poltrona estofada, Cam levantou o seu copo.

- Caos, - Ecoou Anton e levou o copo aos lábios. O brandy queimou goela abaixo, e os vapores pareceram embrenhar-se instantaneamente no seu cérebro. Deu por ele a contar tudo a Cam, acerca de Elliot e Jonah, acerca do lançamento que podia impedir e da ligação clandestina da Jovan à Europa. - Estão a usá-lo, - disse, apercebendo-se de que Cam realmente não se importava, mas incapaz de parar de lhe contar. - Até *Li* o está a usar. - Tartamudeou as palavras enquanto tentava pronunciá-las.

- Estás a fazer o que deves. - Cam estava sentado ao seu lado, embora Anton não se lembrasse de ele se ter mexido da cadeira. - Tens razão em querer pará-los.

Anton tentou acenar com a cabeça, mas o brandy tinha curto-circuitado o seu cérebro e nada funcionava muito bem. Estava a escurecer, e queria pedir a Cam para acender as luzes, mas estava demasiado confortável para se esforçar a falar, e Cam concordava que ele estava a agir acertadamente. Estava sonolento, e os seus olhos não paravam de se fechar. Debateu-se para os abrir uma última vez, teve um vislumbre da cara de Cam perto da sua e sentiu os dedos do vizinho na sua cara, apertando-lhe o pescoço. Pára, tentou dizer, mas estava demasiado cansado, os seus olhos fecharam-se. E não conseguiu voltar a abri-los.

A luz, áureo-salmão de Júpiter acordou-o. Anton pestanejou e espreguiçou-se, inclinou-se para o lado, escorregando por entre a opalescente névoa. Mais à frente, um recife áureo-alaranjado vagueava no vento. Adaptado para este mundo, era fácil esquecer que aquela "brisa" era de uns bons duzentos quilómetros por hora. Havia coisas voando de encontro ao recife, mergulhando para dentro e para fora das pregas em permanente mutação, como se estivessem a jogar à apanhada. Faziam-no lembrar as raias que ele e Jonah tinham observado na enseada. As raias de gás de Jonah, pensou e ficou sob tensão, agora completamente acordado. A reacção atrasou o seu ímpeto para a frente e o vento fustigou-o, tentando derrubá-lo, como as ondas o tinham derrubado na enseada.

Automaticamente, esperneou como se estivesse a nadar. Seguiu em frente. A voar. Uma súbita excitação tomou conta dele. Podia tratar-se de um sonho, mas era *divertido*. Esticou os braços à sua frente, olhou para baixo para os manipuladores articulados que surgiram. Era um golfinho mecânico, como Jonah. O recife estava perto. Inclinou o seu corpo ligeiramente, mudou de direcção para deslizar num longo e indolente arco rodeando uma protuberância que se retorcia lentamente. Assim de perto, conseguia ver como o recife se rasgava continuamente no vento, e continuamente se reparava a si próprio. Raias dispersavam-se graciosamente, e um par destas, menores, seguiram-no, como se estivessem curiosas. Era como mergulhar numa corrente. Não se nadava contra a corrente, fazíamos uso desta para nos dirigirmos para onde queríamos. Saltou em arco e rolou, entusiasmado. Riu quando as pequenas raias o imitaram. - Sei de alguém que vos quer conhecer, -disse, e desejou que Jonah pudesse partilhar este sonho. Nadando vigorosamente, escalou a extremidade mais alta do recife. O vento erodia-a numa fina poeira vermelho-dourada que se dispersava e desaparecia. Sementes? Questionou-se. Esporos? Uma grande forma moveu-se numa prega do ondulante recife. Anton hesitou, pensando se devia fugir, recordando a si mesmo que isto era apenas um sonho à medida que a sombra aumentava com a proximidade.

- Olá. - Jonah ficou à vista, as suas barbatanas caudais movendo-se lenta e ritmicamente. - Dei um jeito ao simulador para não ficares limitado a mimetizar-me.

- Pensei… que estava a sonhar.

- Queria falar contigo. - O tom de voz de Jonah era triste. - Desculpa ter-te hackeado para aqui, desta maneira.

- Não faz mal. - Anton conseguiu manter-se no lugar mexendo lentamente a cauda e as barbatanas. - Eu… não estava à espera de voltar a ter notícias tuas. - Procurando as palavras a dizer, mas o vento tinha-as dispersado.

- A Sandy disse-me que… a envolvente emocional veio do teu filho. - As barbatanas e a cauda de Jonah moveram-se com uma graça majestosa, que se encaixava neste mundo de vento e imensidão. - Disseste-me que eu to fazia lembrar. Ela disse-me que o hospital o vendeu sem to comunicar.

- Sim, - disse Anton asperamente. Acima deles, o recife parecia retorcer-se ao vento, desfazendo-se e refazendo-se constantemente. Como as vidas humanas, pensou. E riu amargamente. - Fazes-me mesmo lembrar o Elliot. Mesmo muito. Provavelmente devia ser internado. Mas isso não altera o facto de tu seres um peão. - Anton cerrou o punho, mas o gesto não se traduziu no simulacro. - Ainda tenciono impedi-los de te usarem.

- Porquê? - Jonah deixou-se levar pelo vento, afastando-se rápida e graciosamente, deslizando e saltando em arco como as raias que esvoaçavam, assustadas, para fora da sua rota.

- Porque... me importo contigo. - Este mundo exigia a verdade. - Tens parte... da alma do meu filho. E o que os teólogos possam ter a dizer acerca disso, que vá para o Inferno. Não quero... que tu morras. - Outra vez, faltou acrescentar.

Por instantes, Jonah manteve-se em silêncio, e vaguearam juntos no vento sob um tecto rosa-áureo de sulfito de hidrogénio, incrustado com pingentes gotículas de amoníaco. Lindo, pensou Anton. Este mundo é lindo.

- Se ganhares o teu processo, - disse por fim Jonah, - o que será de mim?

- Eu... - Anton engoliu em seco. - Eu podia oferecer à Srta. Li uma licença para usar as gravações de Elliot.

Na condição de tu ficares na Terra.

- Eu não *pertenço* à Terra. - Jonah guinou, afastando-se de Anton, propulsionando-se com vigorosos movimentos caudais. - Não estás a perceber, Anton.

- Vais morrer aqui, - disse rispidamente Anton.

- Já o tinhas dito. Podes morrer na rua. Ou na cama. - Deixou-se ir à deriva no vento, a sua silhueta reflectida no céu cor-de-rosa. Duas raias vermelho-sangue espiralaram em volta dele em arcos cada vez maiores. - A Sandy pensa que isto é uma ilusão, uma fantasia minha extrapolada de pedaços de informação que recuperámos da primeira sonda. - A voz de Jonah parecia triste na cabeça de Anton. - A primeira sonda não foi revestida com uma personalidade, mas era bastante complexa, tecnologia de ponta da última geração de núcleos orgânicos. Ela... eu... falei com as raias. Não por palavras, tás a ver. Aconteceu depois de ter ficado danificado, antes do sistema se desligar. Não foi recebida de um modo perceptível na transmissão de dados. Por isso pensaram que era estática. Utilizaram as transmissões dessa sonda para me criarem, como usaram os mergulhos de Elliot. - Rumou suavemente, ficando uma vez mais a par de Anton. - *Eu* também me lembro delas. - Flutuando, cara a cara com Anton, deu-lhe um suave toque. - Tenho tanto delas como tenho de Elliot, Anton. Pertenço aqui.

- Comunicação. - A mente de Anton desbobinou. Primeiro contacto. Consciência extraterrestre.

- Se me mantiveres na Terra, nem por isso serei Elliot. Quero ir para casa, Anton.

Casa, a palavra atingiu-o como um punho. - *Sair,* -

sussurrou Anton. Escorregando pelo vento jupiteriano abaixo. - *Sair*, por favor.

Acordou na sua própria cama, a tentar espantar visões truncadas de nuvens cor-de-rosa e do rosto sorridente de Cam, perto do seu. Sonhos, pensou, debatendo-se para sair da cama. Sonhos embriagados. Segurou a cabeça com as mãos, à espera que se escoasse o feroz latejar de dor na base do seu crâneo. Ressaca? Não estava habituado ao álcool, e o brandy tinha-lhe batido forte na noite anterior. Lembrava-se das mãos de Cam nele, mesmo antes de desmaiar, e esfregou o rosto, furioso. Péssima ideia, Cam. Os seus dedos fizeram uma pausa quando encontraram uma pequena ferida no seu ombro. Parecia ser o lugar onde tinham implantado o chip de segurança. Coçou-a, fazendo saltar uma pequena crosta. Sangue vivo manchou-lhe as pontas dos dedos. Infecção? Parecia mais um arranhão, e não tinha certeza se era onde o chip tinha sido inserido ou não.

Era algo a ter em conta. Anton dirigiu-se, a cambalear, para o chuveiro, onde ligou ora a água quente ora a fria, até o pior da dor de cabeça ter passado. Não tinha sido um sonho. Quanto mais tentava dizer a si próprio que o tinha sido, mais sabia que era mentira. Jonah tinha-o hackeado para dentro do seu Júpiter virtual. Anton tinha desmaiado enquanto ainda tinha os dermo-implantes postos. O seu biointerface tinha dado acesso a Jonah.

A quem pertence uma alma?

Quero ir para casa, murmurou Jonah no sibilar do chuveiro. Anton desligou o duche, enrolou uma toalha à volta da cintura e dirigiu-se para o seu terminal. Estava com sorte. Denny O'Shea estava listado na base de dados local. Estava em casa. A sua imagem surgiu acima da plataforma holográfica, bocejante e com olhos sonolentos.

- O que é que quer? - Perguntou mal reconheceu Anton. - Nem sequer devia estar a falar consigo.

- Não desligue. - Anton agarrou-se ao rebordo da mesa. - Preciso de saber... o que é que vão fazer com Jonah?

- O que é que isso lhe importa? - O rosto de Denny tinha uma expressão dura.

- Se não puderem utilizá-lo para a sonda, o que lhe vai acontecer? - Persistiu Anton.

- Não lhe vamos fazer *nada*. - Denny abanou a cabeça e reprimiu um bocejo. - Ele é uma sonda. A única que temos. Vamos ter que apagar por completo o revestimento emocional da IA e começar de novo, do zero. Vai atrasar o lançamento um ano. Pelo menos. Graças a si.

- Está agendado? Retirar-lhe a memória?

- É o meu dia de folga. Saí até tarde ontem. Vou voltar para a cama.

- Espere! - Gritou Anton, mas a cara de Denny tinha desaparecido da plataforma holográfica.

Anton inclinou-se e enterrou a cara nas mãos. Jonah tinha razão. Ele não era Elliot. Também não era uma raia jupiteriana. Era uma *sonda*. Uma máquina. Que se formatava e reiniciava. - *Aceder a Sandra Li*, - disse asperamente. - É uma emergência.

Li olhou através da janela, o rosto sulcado por linhas amargas. - Tornámo-nos viciados em entretenimento. -

Olhou-o de soslaio. - Você, mais que os outros, deveria saber isso. A realidade deve ser *excitante*. Estimulante. Sabe quanto é que o Projecto Marte está a gastar em RP[10]?

- Sim, - disse Anton num tom grave. - Sei. Tentaram contratar-me.

- Era de se esperar. - Os seus lábios torceram-se. - Estou a par das raias de Jonah. Não sei se são em parte reais, nem o quanto. As IA tornam-se... criativas quando estão a morrer. Alguns dos dados finais são sugestivos, mas não temos quanto baste para atrair atenção mediática gratuita, - disse pesarosamente. - E não temos como pagar a pessoas como você, pessoas que consigam transformar uma réstia de esperança na certeza de um primeiro contacto.

- Eu não faço isso. - Anton fitou o seu olhar zangado. - Foi por isso que recusei a proposta dos tipos do Projecto Marte.

- E isso faz de si um santo?

- Nem por sombras.

Os seus ombros descaíram, e ela desviou o olhar. - Europa, sim, a *Europa*, raios os partam, ofereceram-nos fundos suficientes para nos levar de volta a Júpiter. Perdemos o nosso financiamento anterior porque não encontrámos nada de maravilhoso, - disse amargamente. - Finjo que não sei como é que a Europa arranja o dinheiro, nem qual é o custo. Mas é mentira. - Levantou a sua cabeça, desoladas sombras enchendo os seus olhos escuros. - Mais ninguém sabe, a não ser eu. Sou uma fanática. Mas isso não é justificação, pois não? Se

10 Relações Públicas.

Jonah nos mandar provas concretas de vida em Júpiter, não precisarei da Europa. Nem de pessoas como você. A comunicação social vai adorar-nos. Precisamos de continuar a explorar, Anton. Ou estagnaremos aqui e morreremos como espécie. - Desviou o olhar. - Lamento imenso pelo seu filho, - disse ela lentamente. - Já lho disse, e não foi da boca para fora. É uma coincidência atroz.

- A comunicação social vai adorar-vos cerca de uma semana, - disse Anton de forma ausente. Algo o estava a incomodar. Era uma tremenda coincidência, sim. E as coincidências cósmicas aconteciam *mesmo*, sim… mas… expirou lentamente. - Gostava de a poder contradizer. - Olhou para além dela, lá para fora, para o mar azul onde tinha mergulhado com Elliot, e nunca mais o faria, excepto nos seus sonhos. - Dei instruções ao meu advogado para pedir o levantamento da injunção. Vamos retirar a acção contra vocês. - Truc até se passara. - Vou assinar uma autorização cedendo-vos os direitos dos arquivos virtuais. Não porei obstáculos vosso lançamento.

- O quê? - Pestanejou, a esperança debatendo-se com a desconfiança no seu rosto. - Estou… estou maravilhada. - Levantou as mãos, palmas para cima. - O que é que o fez mudar de opinião?

- Jonah. - Baixou a cabeça. - E você, em parte. Acredita no que está a fazer. Eu também *achava* que acreditava. Agora… - Sorriu-lhe astutamente. - Talvez você tenha razão naquilo que disse. Que passei a minha vida à procura de vingança. - Voltou as costas àquela janela, cheia de mar e memória. - Deixemos Jonah ser aquilo em que vocês o tornaram.

- Anton... - Estendeu a mão. - Obrigado, - disse ela suavemente.

Acenou com a cabeça, inseguro demais para falar, virou-se para sair.

- Vou reactivar o seu chip. - Disse ela quando a porta se abriu para ele. - Para se quiser visitar o Jonah. Também lhe permitirá ter acesso ao local de lançamento.

Ele não queria assistir ao lançamento, não queria ver Jonah outra vez. - Obrigado, - disse educadamente, e saiu.

Era altura de começar um novo projecto. A World News ia ficar lixada, mas ele tinha a última palavra. Essa era a primeira cláusula do seu contrato. Por isso podiam embirrar tudo o que quisessem por não ficarem com a denúncia do caso Jovan. Tinha muitas possibilidades em arquivo.

Só ciência. Sorriu maliciosamente enquanto entrava no seu escritório virtual. Talvez tentasse caçar noutra reserva desta vez. O correio amontoava-se em cima da sua secretária virtual. Olhou-o de relance, varreu a maior parte deste para o lixo. Uma mensagem chamou-lhe a atenção, contudo. Era do informador que lhe tinha vendido dados acerca da conexão Europa.

Já não precisava deles.

Anton começou a arquivá-la até poder mandar uma mensagem de desistência, por correio electrónico, mas em vez disso visionou-a. Curioso acerca de qual nova informação o seu contacto teria hackeado. - Espero que tenhas a tua história pronta. - A voz d'O Rev ressoou na sua cabeça. - A Europa teve um mau dia. Foram tomadas várias decisões erradas por quadros subalternos, que provavelmente desejariam estar mortos, se é que já não são cadáveres. Parece-me que a Europa estava à beira do precipício já há algum tempo, tentando esconde-lo. Finalmente veio a público. Estamos a falar de um grande crash económico. A Europa está a recolher à toca. O que significa que o buraco de verme se vai fechar. A Jovan vai ser abandonada à sua sorte. Na verdade, até estou surpreso que não tenham levado a machadada há duas semanas, quando todo o esquema se começou a desintegrar.

Anton permaneceu sentado, fitando o tampo da sua secretária depois da voz se ter calado. Com que então a Europa ia retirar o seu patrocínio. Feitas as contas Jonah não iria para Júpiter. O seu assomo de alívio fê-lo encolher-se. Nunca iria conseguir exorcizar Elliot de Jonah, repreendeu-se Anton, arrastado mais uma vez por aquela irritante sensação de que *algo estava errado…*

O Rev parecia surpreso por a Europa não ter cortado o seu financiamento há duas semanas atrás.

Tinha começado a investigar a companhia Jovan há duas semanas. Sentiu um ligeiro calafrio na nuca. Mais uma coincidência cósmica? Tinha obtido a dica acerca da ligação da Jovan à Europa através de uma fonte medíocre. Essa dica fora a chave que tinha permitido a'O Rev rastrear as provas. E essa dica tinha vindo justamente ter com *ele*. O pai de Elliot. O único homem que poderia deixar-se dominar pela vingança, e que tinha o poder para arrasar a Jovan.

Acedeu a Sandra Li.

- Estava numa reunião. - Ergueu uma sobrancelha, desconfiada. - Em que posso ajudá-lo?

- Quem é que me impingiu a vocês? - Perguntou rispidamente. - É importante.

- A Europa, através dos nossos intermediários. - Ela desviou o olhar, corando. - Acho que pensaram que um aval positivo vindo da sua parte seria a melhor cobertura.

Ou então queriam que Anton fizesse o que quase tinha feito, impedir o lançamento. O calafrio na nuca estava a piorar. - O lançamento mantém-se? Não há problemas com a Europa?

- Sim, mantém-se. - Pareceu surpresa. - Nem mesmo a Europa poderia pará-lo agora. E porque o fariam? - Estava a ficar zangada. - Mau grado a sua ética, ou a falta dela, eles apoiam-nos. Não me peça para me afastar deles agora. É demasiado tarde.

- Espero que esteja certa, - disse ele. - Falarei consigo mais tarde. *Desligar.* - Por breves instantes permaneceu sentado, fitando a parede do seu escritório. Ela ainda o considerava como um inimigo. Talvez também isso nunca viesse a mudar.

Porque é que a Europa não retirou, simplesmente, o seu patrocínio? Talvez uma admissão pública da ligação à Jovan pudesse vir a comprometer outro buraco de verme ilegal.

Ou talvez a Europa estivesse a apoiar a Jovan porque alguém dentro desta acreditava no mesmo que Sandra.

O Rev não achava isso, e O Rev até agora nunca se tinha enganado.

O lançamento estava agendado para amanhã.

Anton questionou-se se Cam não conseguiria descobrir alguma coisa. Pensativamente, dirigiu-se à porta ao lado. A porta abriu-se ao seu toque, destrancada. A divisão estava vazia, os hologramas tinham desaparecido das prateleiras e dos tampos das mesas, todas as superfícies sem um grão de pó e limpas. Anton franziu o nariz, ao penetrante odor a desinfectante antiviral. Cam tinha-se mudado.

Coincidência atrás de coincidência, que tivesse tido uma dica acerca da Jovan, que Cam fosse um hacker suficientemente bom para lhe arranjar as provas de que necessitava. Era *difícil* como o caraças crackar a base de dados de um hospital privado.

Demasiadas coincidências. Mesmo muitas. E conhecia Cam de algum lado. Esta última, rebentava a escala. Anton voltou ao seu apartamento e acedeu ao seu escritório. Daí enviou um e-mail a'O Rev com duas questões, modo urgente[11]: a quem pertencia, na realidade, o Hospital da Doce Misericórdia e se havia alguma maneira da Europa conseguir lucrar fosse o que fosse com o lançamento do vaivém ou com o Projecto Jovan?

Só teve notícias d'O Rev pouco antes do amanhecer. O apito do terminal despertou-o da sua desconfortável sonolência no sofá. Levantou-se, tentando livrar-se de um pesadelo no qual raias gigantes despedaçavam Jonah com terríveis presas.

O que é uma alma? É propriedade de quem? - *Aceder.* - Calçou, nervosamente, as luvas. Desta vez, o seu informador tinha-lhe deixado a resposta em linhas de

---

11 No original ASAP: As Soon as Possible, O Mais Rápido Possível.

agradáveis caracteres, flutuando sobre um fundo azul.

Europa.

Fazê-lo explodir para receber o dinheiro do seguro.

Anton olhou fixamente para as palavras, um horror gélido percorrendo-lhe a nuca. Sandra Li fê-lo, meteu o projecto no seguro. De certeza. Ela era do género meticuloso, obcecada por acidentes, gastou de certeza o dinheiro necessário para se salvaguardar. A tripulação do vaivém morreria no decurso do lançamento, mas esse tipo de custo nunca tinha incomodado a Europa no passado. Com que então a Europa receberia algum do dinheiro que necessitava da Jovan, e quaisquer outras despesas terminariam naquela rampa de lançamento.

Um esquema bem composto.

- *Aceder Sandra Li,* - disse ásperamente Anton. - É uma emergência. - A imagem desta surgiu, mas era bidimensional e imóvel, apenas um ícone. - Estou a assistir ao lançamento do vaivém, - disse ela no tipo de voz que se usa para deixar mensagens. - Estarei de volta ao meu escritório na segunda-feira de manhã. Se fôr uma emergência, pode contactar o escritório central da Jovan. Eles estarão em condições de me transmitir uma mensagem.

Porra. Anton ficou a olhar para a imagem dela, com o suor a dedilhar-lhe o escalpe. - *Aceder ao escritório central da Jovan,* - disse num repente.

- Olá. - Surgiu a face jovem de um homem louro. - De momento não se encontra cá ninguém, mas fale comigo, e transmitirei a sua mensagem logo que chegue alguém.

Anton desligou. Suando em bica agora, acedeu aos

serviços de comunicação social, navegando entre notícias, um após o outro, saltando de esfaqueamento para perseguição automóvel, de homicídio para estropiamento. Todos os chamarizes que mantinham a percentagem de acessos em alta. Mas um canal estava a cumprir a sua parte enquanto serviço público, apresentando uma agenda com os próximos eventos locais e regionais.

Incluindo o horário dos lançamentos de vaivéns do Porto de Lançamento Regional da Califórnia do Sul. Estava previsto um lançamento para daí a duas horas. Quando acedeu a essa listagem, o Projecto Jovan constava do manifesto de carga.

- *Aceder Golfinho*, - rouquejou Anton, interrogando-se se Jonah conseguiria estabelecer ligação. - *Golfinho!* Jonah? Consegues ouvir-me? - Nenhuma resposta, mas talvez ele pudesse ouvi-lo e não estar a responder. - A Europa precisa de dinheiro, - disse Anton. - Podem obtê-lo fazendo explodir o lançamento. Tu estás no seguro. Vão receber a indemnização através da Jovan. *Jonah, sai daí!*

Nenhuma resposta. Anton deitou a cabeça nos braços, lágrimas de frustração queimando-lhe as pálpebras. O lançamento ficava a centenas de quilómetros de distância. Não havia como… como lá chegar a tempo.

Bem, talvez. Levantou-se, inspirou fundo. Talvez se alugasse um jacto privado… se não fossem desviados para um aeródromo secundário… então *talvez*. Só talvez…

- A faixa de aterragem pública ocidental está fechada durante a próxima hora, - disse o piloto. - Lançamento de vaivém. - Era novo e desdenhoso, recém saído da tropa sem se sentir muito impressionado pela aviação comercial.

- O que acontece se aterrar? - Anton estudou a configuração do Porto de Lançamento. Era uma cidade por direito próprio, lidando com voos para todo o globo e também para as plataformas orbitais. - Abater-nos-ão?

- Ná, isto não é nada de importante. - Fungou o piloto, indistinguível por detrás do seu capacete de voo virtual. - Só apanho uma multa de 300 Libras Internacionais (LI). E o meu patrão vai ficar fulo.

- Dê-me o seu leitor de cartões.

O piloto entregou-lho sem fazer qualquer comentário. Segurando-o de modo a ver os números, Anton passou o seu cartão pela ranhura e digitou o pagamento de seiscentas LI. Com o dedo prestes a confirmar o pagamento, olhou para o seu próprio rosto reflectido no visor do piloto.

- O meu patrão que se irrite à vontade. - Encolheu os ombros. - Pode ser que lhe cure a obstipação. A sair um lugar na primeira fila para o lançamento do vaivém.

- Obrigado, - disse Anton, e viu o seu rosto reflectido exibir um sorriso forçado, distorcido pela curvatura do visor.

Abriu a porta antes mesmo do trem de aterragem tocar o chão. O piloto gritou algo enquanto Anton se pisgava, mas este ignorou-o. Já tinha passado muito tempo em aviões a jacto e sabia como evitar a turbina de propulsão. Uma poeira fina ergueu-se formando nuvens sufocantes com o sistema de exaustão quente a lamber o piso desgastado, chamuscando-lhe os tornozelos enquanto corria para a cerca do lançamento orbital.

Os lançamentos orbitais partiam da secção à beira mar do Porto, onde poderiam aterrar de emergência no mar, caso fosse necessário. Só estava agendado um lançamento para hoje, portanto Anton dirigiu-se para o barrigudo vaivém orbital, encafuado na chamuscada rampa de lançamento. Li podia estar em qualquer lado. Tinha o pressentimento de que ela teria querido supervisionar tudo desde o abastecimento de combustível do vaivém até ao carregamento da cápsula de carga do projecto. Cruzou, trotando, a área cercada adjacente, granjeando olhares curiosos por parte dos uniformizados funcionários do Porto.

Aqui a segurança não era de tipo militar, mas ficou a pensar porque é que ninguém o teria interceptado. Depois lembrou-se do chip. É claro, estavam a fazer uma varredura constante, só para monitorizar o tráfego da multidão e para terem a certeza de que cidadãos não autorizados não iriam parar à área errada. Protegido pelo chip de Li, podia ir onde lhe apetecesse. Arfando, agarrando-se à ilharga dorida, abrandou, varrendo com o olhar a azáfama dos funcionários do Porto à procura de alguém, fosse quem fosse, que pudesse ter autoridade. E que pudesse saber onde estava Li.

O azul pálido de um uniforme da Jovan chamou-lhe a atenção, e foi em direcção ao trio. O homem louro parecia familiar. A mulher de cabelos escuros, também. Tinha-a entrevistado no seu primeiro dia na enseada, procurou, em vão, recordar-se do nome dela. - Desculpe, - disse. - Onde é que posso encontrar a Sandra?

Três rostos voltaram-se, igualmente hostis, para ele. Olharam rapidamente uns para os outros. - Não sei. - A morena ergueu o queixo. - Com licença. Estamos ocupados, *Sr.* Kraj.

- R'ais partam, isto é uma emergência! - Anton tentou controlar-se. - Alguém vai fazer explodir a porra deste lançamento. Por causa do vosso seguro.

Fitaram-no friamente.

- Malditos idiotas! - Disse, exasperado. Outro relance de azul da Jovan atraiu-lhe a atenção, e voltou-se, protegendo os olhos do Sol. Sim, era Li. E estava a falar com alguém vestido com um fato de trabalho do Porto. Ria-se enquanto Anton observava, erguendo a cabeça e inclinando-se de modo familiar, de seguida virou-se um pouco mais, e Anton apercebeu-se que era Cam.

Só que o seu nome não era Cam.

A última peça do quebra-cabeças encaixou-se. Podíamos mudar a cor dos olhos, a cor da pele, a cara. Era muito mais difícil mudar o modo como nos movemos. Anton tinha passado a vida a observar a forma como as pessoas se mexiam à medida que editava uma dúzia de planos num todo perfeitamente consistente.

Cam tinha sido preso sob suspeita, depois de uma pequena instalação de pesquisa ter ardido completamente. Tinham morrido duas pessoas, e um banco de órgãos privado que tinha abastecido a elite sob a cobertura de uma falsa fundação de pesquisa tinha sido incinerado, qualquer prova de actividades ilícitas desfeita em cinzas inúteis. Mesmo assim, Anton ainda tinha conseguido fazer a vida negra aos proprietários, mas Cam, o seu nome não era Cam nessa altura, tinha-se safado. Por ausência de provas.

Anton questionou-se se a Europa também estaria metida nisso, ou se Cam era meramente um freelancer popular. Cam ergueu o olhar quando Anton desatou a correr. Disse algo a Li e, descontraidamente, virou a esquina da sala de espera. - Parem-no! - Gritou Anton, mas um jacto esta a aterrar numa pista próxima, e ela não conseguia ouvi-lo. - É um terrorista freelancer! - Anton agarrou-a pelo braço, enquanto ela se encolhia, temerosa. - O homem com quem acabou de falar. Fingiu ser meu vizinho, foi quem me deu a informação acerca das gravações de RV de Elliot. Não entende? A Europa manipulou-me para vos parar, só que não o fiz. Agora vão fazer explodir o lançamento. Tem de o cancelar. Há uma bomba a bordo.

- Pare com isso. - Afastou-o. - Tem uma fixação por salvamentos, não tem? Da *última* vez, você saltou borda fora e quase que se afogou. Multar-me-ão em dez mil LI se retiver o lançamento. Se fosse a si, iria a uma clínica. Aprenda a lidar com a morte do seu filho, Anton. - Virou-lhe as costas. - Para além disso, - disse informalmente por cima do ombro. - Se alguém *realmente* tentasse entrar a bordo do vaivém, ou aproximar-se dele, poria em alerta a segurança do Porto.

- Eu *não* os pus em alerta, - disse suavemente Anton. Engoliu em seco, recordando-se daquele serão embriagado e dos dedos de Cam no seu rosto. - Ele copiou o meu chip. - O brandy devia estar drogado. Cam tinha utilizado uma cultura de cicatrização rápida para fechar a ferida. Daí a intrigante crosta. E tinha sido suficientemente esperto para voltar a recolocar o chip depois de o ter copiado. - O que é que ele queria? - Perguntou, roucamente, Anton.

- Na realidade, nada. - Pela primeira vez parecia perturbada. - Perguntou-me se eu ia ficar para ver o lançamento. - A amargura fê-la descair, de novo, a boca. - Vai pagar a multa se eu retiver o lançamento?

- A multa que vá para o Inferno! - Queria esmurrá-la. - Sandra, eu concordei em deixá-lo ir. Fui sincero no que disse. - Jonah era, pelo menos parcialmente, Elliot. Poder-se-ia dividir uma alma? - Isto é real. Fui a porra dum peão. - A sua voz estremeceu, e por um momento questionou-se se ela não poderia estar certa, se ele não estava louco. - A Europa tem estado a usar-me, e ao meu filho.

- Meu Deus. - Levou as mãos à cara por um instante. - Como pode fazer-me isto? Estamos tão *perto*, e você está a pedir-me para deitar tudo a perder. Não teremos outra oportunidade, porque, sim, a Europa está a cortar-nos o financiamento. Você estava certo. Está contente?

Ela estava certa. Não tinha qualquer motivo para confiar nele. Anton dirigiu-se para o vaivém.

- Maldito seja. - Gritou ela no seu encalço. - Vou chamar a segurança! - Rodou nos calcanhares e dirigiu-se, em passo de marcha, para as instalações de controlo.

Se Cam pensasse que o lançamento não se iria dar, poderia fazê-lo explodir aqui mesmo, na rampa. Anton abrandou, o medo da morte estremecendo-lhe a carne. Como é que ele o faria? *Pensa*, disse a si próprio. Pensa depressa. O vaivém erguia-se, massivo, acima dele, com a sua pintura descolorada pelas reentradas [na atmosfera], providenciando mil e um bons esconderijos para um engenho explosivo. Precisava de um aparelho de varredura. Precisava de ter o cérebro a trabalhar... três figuras envergando uniformes do Porto, dirigiam-se com determinação para o vaivém. A segurança? - *Golfinho*, - disse ele desesperadamente.

- Anton? - Jonah parecia sonolento. - O que é que estás a fazer aqui? - Pausa. - Pensei que não vinhas.

- Jonah, alguém quer sabotar o vaivém. Qual seria a maneira mais fácil, usando a menor quantidade de explosivo?

- A carregar o desenho do vaivém. - Disse Jonah num tom ausente. - Deixa cá ver. - Escoaram-se três segundos. Quatro. - Se rebentarem com o tubo do combustível quando estivermos a levantar, isso faria com que o tanque auxiliar também explodisse, e ficaríamos reduzidos a confeitos. Contaste à Sandy?

Parecia preocupado, mas sem medo. Talvez o medo da morte fosse a linha divisória entre humano e máquina. - Eu disse-lhe, - disse Anton nervosamente. - Ela não acredita em mim. E se o fizerem explodir agora?

- Não fará muitos estragos, mas ainda serão alguns. - Jonah ficou calou-se por um momento. - Estou mesmo por cima do tubo de combustível principal, - disse por fim. - Se for uma grande explosão provavelmente expelir-me-á. O acesso ao tubo está mesmo por baixo de mim. - Agora, o pessoal da segurança estava a correr, três homens musculados, com rostos patibulares.

- Onde? - Disse, sem mais, Anton. - Estou cerca de um metro à frente do trem de aterragem traseiro.

- Recua dois metros, olha para cima. - A voz de Jonah

soava tensa na sua cabeça. - Há um painel de acesso que permite verificar uma válvula, com cerca de quinze centímetros quadrados. Deveria estar trancada.

Encontrou-a. Não estava trancada. Podia aperceber-se de Jonah acima dele, sentir a paciência calma de Elliot enquanto jazia naquela cama de hospital, ligado a tubos e a férias a fingir, à espera que o seu pai o deixasse morrer. - Está aqui, - sussurrou Anton. Uma coisa tão pequena, um pequeno rectângulo achatado de plástico preto. Não viu quaisquer fios. Passos ressoaram no silocreto[12]. Não havia mais tempo… No limiar do recinto de lançamento um empregado do Porto protegia os olhos com a mão para fitar Anton.

Cam! Estava a meter uma mão num bolso. Para tirar um detonador? Anton agarrou a caixa e afastou-se do pálido ventre do vaivém. Moveu-se, tão *devagar*, como se o ar se tivesse adquirido a consistência da gelatina. Os seguranças estavam quase em cima dele. Atira-o, *atira-o*! Rodando, tão lentamente, atirou-o para o recinto, vazio, ao lado, sentiu um instante de alívio quando este lhe saiu da mão, porque tinha ganho. Tinha *ganho*, porra.

Não ouviu a explosão, apercebeu-se apenas da luz brilhante que lhe feria os olhos, e em seguida do impacto que o atingiu, como um camião ou um taco de basebol gigante.

Não havia dor.

A dor veio em pequenos assomos agudos, como dentes de ratazana a roê-lo. Repeliu-a, escondendo-se das ratazanas/dor na escuridão, enroscado sobre si. Mas

____

12 Cimento de sílica.

Elliot falara com ele, portanto não estava sozinho. Voaram juntos pelo mar opalescente de Júpiter, e as raias falaram com eles sem palavras, e a alegria de Elliot aqueceu-o como a luz do Sol.

Mas, passado algum tempo, a escuridão encolheu. E quando esta se tornou demasiado pequena e ténue para o continuar a esconder, acordou. Para ver. Olhou fixamente, à procura dum significado naquela paisagem que lhe era estranha. Tecto, revelou-lhe por fim a sua mente. Paredes. Cama de hospital. A sua mão pareceu-lhe estranha sobre o lençol branco. Mas quando tentou mexer os dedos, estes moveram-se. Logo, tinha que ser a sua mão. Saiam-lhe tubos dos dois braços, perdendo-se de vista atrás da sua cabeça. Para uma máquina. Recordou-se da máquina que zumbia solitariamente à cabeceira da cama de Elliot.

E lembrou-se. Jonah. O ventre manchado de fuligem do vaivém. De atirar a bomba.

Tinha sido um sonho, Júpiter e a felicidade de Jonah. E a dor trespassou-o, arrancou-lhe um gemido. Entrou um enfermeiro, trazendo uma grande caneca térmica com uma palhinha de plástico a sair de dentro desta. - Como se sente? - Perguntou ele com um sorriso.

- Fizeram o lançamento? - As palavras saíram com um coachar irreconhecível, e o enfermeiro abanou a cabeça.

- Beba isto. - Pôs a palha nos lábios de Anton. - E depois precisa de dormir.

A caneca continha sumo, doce o suficiente para o deixar tonto, o enfermeiro ocupou-se da máquina, e adormeceu antes de poder fazer mais perguntas.

- Porque é que os quartos de hospital são sempre brancos? - Resmungou ele.

Ela levantou uma sobrancelha. - Não sei.

- Onde está o Jonah? - Debateu-se para se sentar, chocado pelo tremor instantâneo nos seus músculos. - Há quanto tempo estou aqui?

- Está aqui há quase um mês. Jonah está em Júpiter. - Virou a cabeça, para olhar para a janela.

Nunca a tinha visto sorrir antes. Quase que a tornava bela.

- Você estava certa, - sussurrou ele.

- *Nós* estávamos certos. Espere só até ver o que estamos a dar à comunicação social! - O Sol vespertino a entrar pela janela transformava a sua pele em ouro e brilhava no seu cabelo. - Nunca descobriram quem meteu a bomba. - Olhou novamente para ele, e com um desajeitado, quase tímido, gesto aproximou-se para colocar a sua mão na dele. - A explosão quase de certeza teria danificado ou destruído Jonah. Obrigado. - Apertou fortemente os lábios por um momento. - Você sofreu alguns danos cerebrais. É por isso que está aqui há tanto tempo.

Danos cerebrais. Anton teve um calafrio, mas tudo parecia estar a funcionar.

- A Dra. Mishna tratou de si. Esta é uma clínica privada, e ela é uma neuroespecialista muito boa. Não vai ficar com qualquer limitação, e a Jovan pagará a conta. - Levantou-se. - Acho que você foi o primeiro amigo genuíno que Jonah teve. - Pareceu triste, por um instante. - Para nós nunca foi realmente humano, mas acho que era assim que ele se considerava. E penso que você também... - Fez uma pausa por um segundo, como se estivesse à espera que Anton lhe respondesse, depois encolheu os ombros. - Quando sair, pode aceder à emissão completa de Jonah. - O seu sorriso iluminou-lhe de novo o rosto. - Está a divertir-se. - À porta, fez uma pausa e olhou para trás. - Tinha razão acerca do interesse público acabar, eventualmente, por se desvanecer, - disse ela gravemente. - Precisamos de nos certificar que as pessoas *continuem* a interessar-se. - Pausou por um momento, como que à espera que ele dissesse alguma coisa, depois ergueu um ombro num encolher parcial. - Gostaria de o contratar.

- Para fazer de Relações Públicas? - Pestanejou.

- Mais do que isso. - Acima do seu sorriso, os seus olhos estavam ansiosos. - Você pode fazer com que as pessoas percebam o quão importante isto é, o que significa para todos nós. Agora temos bastantes patrocínios. - Desviou o olhar. - Vendi a minha alma à Europa, - disse numa voz grave. - Nada pode mudar isso. Fá-lo-ia outra vez se fosse necessário.

Fechou os olhos, vendo rosto dela falando-lhe da evolução, de como a humanidade precisava de crescer. - Talvez eu possa trabalhar para si, - disse ele. Quando abriu os olhos, ela tinha-se ido embora e o enfermeiro estava de volta, ocupando-se da máquina e dizendo-lhe que repousasse.

E assim fez, e sonhou que estava a mimetizar Jonah, circundando um recife, e o recife cantou para Jonah, sem palavras, só que de algum modo Jonah percebeu, e uma parte dessa canção e dessa compreensão foram filtradas para Anton e encheram-no com a imensa e violenta beleza que era Júpiter. E o céu não era cor-de-rosa, era de outra cor completamente diferente, e o ar vibrante cheirava a Primavera, a lilases e a canja de galinha. E ele e Jonah eram felizes. Alma híbrida, pensou. Humano, máquina e alienígena.

- Estás em mutação. - Disse para si próprio, ainda meio a dormir. - Talvez estejas a crescer.

Já não era sem tempo, pensou, e voltou-se de lado preguiçosamente, voltando a adormecer, mergulhando profundamente nos agitados mares de Júpiter.